Anna Albinus
CHALUPKI

Anna Albinus

CHALUPKI

Erzählung

edition.fotoTAPETA

für Hedda

Sie täuschte sich selten, was die Geräusche anging. Das mechanische Reiben von Metall auf Metall, das der Zug auf den Schienen verursachte, war ihr so geläufig, dass es ihr wie ein leeres Flussbett vorkam, auf dem ihre Schritte widerhallten, während jede fremde Regung sich darin wie ein von Seite zu Seite geworfenes Echo steigerte. „Da hat eine Wehen", dachte sie gleich beim ersten Mal und erschrak im nächsten Augenblick über die Information. Sie hatte keine schwangere Frau einsteigen sehen. Sie setzte ihren Weg zum Zugführerabteil fort, den nicht bis oben gefüllten Becher auf einem Tablett balancierend. „Hi", sagte Boris, ohne sich nach ihr umzudrehen. „Hi", sagte sie und schloss die Abteiltür. Er streckte den Arm aus und griff nach dem Becher, den sie ihm hinhielt, trank einen Schluck, stellte ihn wieder ab, alles ohne sie anzusehen oder die Temperatur des Kaffees zu prüfen. Er vertraute ihr. Sie lehnte sich gegen eine freie Stelle an der Seitenwand und spürte das Vibrieren des fahrenden Zuges in Rücken und Gesäß, das Tablett stellte sie auf der Sitzbank ab, die von Boris' Rucksack am Hochklappen gehindert wurde. „Setz dich!", sagte er. „Ich muss wieder los", gab sie zur Antwort. „Haben wir eine Nervensäge an Bord?" „Nein, alles ruhig", sagte sie und dachte an das Stöhnen, das sie zu hören geglaubt hatte. Normalerweise schliefen die Gäste zu dieser Uhrzeit bereits oder hatten sich zumindest in ihren Abteilen eingerichtet, sodass ihr die Zeit bis zum nächsten Halt blieb, um ihm Gesellschaft zu leisten. Nur manchmal rief jemand noch zwei- oder dreimal nach ihr, ließ sich etwas aus der Bordküche bringen oder beschwerte sich über den mangelnden Platz für das Gepäck. Sie wusste, dass es die Frau aus der 63 – 67 war, deren Stimme sie gehört hatte, und es drängte sie wieder nach draußen.

Boris und sie fuhren seit zwei Jahren zusammen. Nur die ersten vier Monate war sie Wien – Livorno gefahren, dann hatte man sie auf die Strecke nach Berlin gesetzt. Wenn der Zug in Chalupki geteilt wurde, standen sie mit den Kollegen, die nach Warschau fuhren, am Bahnsteig und rauchten. Sie wartete ungeduldig auf den Moment, wenn die Arbeiter aus dem Gleisbett stiegen und das Okay gaben: Sie waren abgekoppelt und konnten weiter. Wenn sie dann hinter ihm die Treppe hin-aufstieg und von innen den Hebel der Waggontür betätigte, ließ sie alles andere auf dem Bahnsteig zurück, und hätte sie jemand gefragt, was an ihrem Beruf sie am meisten mochte, hätte sie gesagt, das, das Gefühl von Chalupki. Es hielt an bis Berlin Charlottenburg.

Im Innern redete man wegen der abgedunkel-ten Fenster mit gesenkter Stimme und bewegte sich langsamer als in gewöhnlichen Zügen. Wenn die Gäste ihre Abteile bezogen hatten, ging sie mit einer Liste durch die Waggons und notierte die Getränke-wünsche fürs Frühstück, dabei sammelte sie die Fahrkarten ein, die sie bis zum Morgen verwahrte, um in der Reihenfolge der Ausstiege die Leute zu wecken. Sie erklärte, wie man die Abteiltür verrie-gelte, mit einem Schloss und einer Kette, die man in eine dafür vorgesehene Schiene einrasten ließ, sie zeigte Lichtschalter und Temperaturregler und hän-digte jedem Gast eine Flasche Wasser aus. Zuhause war sie Krankenschwester gewesen, aber in Europa hatte man ihr Diplom nicht anerkannt. Sie hatte geputzt, Büros, in der Universität, auch in einem Krankenhaus, bis sie, eher zufällig, von den Nacht-zügen erfahren hatte. Pünktlich sein, sauber, nicht klauen, hatte man bei ihrer Einstellung gesagt, und sie hatte gelächelt, gleiche Anforderung.

Auf dem Gang kam ihr der junge Chinese aus dem 6er-Liegewagen entgegen. „Excuse me", sagte er, „there's a problem!" Er höre jemanden schreien, sagte er, eine Frau im Nebenabteil. Er habe geklopft, aber es antworte niemand. Er könne nicht schlafen. Sie versprach, sich der Sache anzunehmen, und lotste ihn zu seinem Platz zurück. Er hatte sich auf einem der unteren Betten eingerichtet, auf der Matratze gegenüber lag ein Geigenkasten, den er mit einer Tasche und einem Mantel so gepolstert hatte, dass er bei einer Erschütterung oder einem scharfen Halt des Zuges nicht herunterfallen konnte. Der geringen Auslastung wegen war er allein im Abteil, das kam unter der Woche öfter vor. Auch die Frau nebenan war allein, doch hatte die Gästeliste für den 4er-Liegewagen volle Belegung ausgewiesen, alle Plätze auf den gleichen Familiennamen ausgestellt. Sie machte eine ermunternde Geste, sich wieder hinzulegen, und erinnerte ihn daran, das Abteil zu verriegeln, dann schob sie die Tür hinter dem jungen Mann zu und trat einen Schritt weiter. Sie konnte die Frau atmen hören, da kam es wieder, ein unterdrücktes, aber klar erkennbares Stöhnen. Erst beim dritten Mal klopfte sie an. Die drinnen hielt die Luft an, so wie sie selbst, um besser zu hören. Sie klopfte noch einmal. „Hallo?", sagte sie, „alles in Ordnung?" Die andere zögerte einen Moment. „Ja, alles okay!", rief sie. Wieder entstand eine Pause. „Wenn Sie etwas brauchen, geben Sie Bescheid, ja?" Sie hatte die Hand flach gegen das verdunkelte Abteilfenster gelegt wie eine unsichtbare Geste des Zuspruchs. „Danke", hauchte die andere, dann hörte sie wieder den leicht gepressten Atem, der ihr anzeigte, dass die Frau sich abmühte. Sie drehte sich um und entfernte sich mit lauten Schritten von dem Abteil.

Die tschechische Grenze lag bereits hinter ihnen, bis Breslau waren es noch etwa fünfzehn Minuten. Das gleichmäßige Rattern des Zuges wurde hin und wieder von einem Quietschen begleitet, und sie konnte das leichte Pfeifen des Fahrtwindes ausmachen. Schon auf dem Gang hörte sie Boris mit der Verkehrsleitung kommunizieren, der Wechsel zwischen seiner Stimme und dem Rauschen des Funkgerätes drang als ein abgehacktes Hin- und Herwerfen von Informationen zu ihr durch, von dem sie manchmal dachte, er habe es auch in sein eigenes Sprechen übernommen. Sie schlüpfte zur Tür hinein und nahm ihre Jacke von einem Haken, auch wenn sie nur kurz am Bahnsteig stehen würde, konnte es kalt werden. Keinen der Orte auf der Strecke hatte sie bei Tageslicht gesehen, doch schien es ihr undenkbar, Breslau mit Bohumin oder Legnica mit Glogow zu verwechseln. Jeder Bahnhof war untrennbar mit der Uhrzeit ihrer Ankunft verknüpft, und in dieser Verbindung von Raum und Zeit lag etwas, das sie tröstete. Sie beobachtete Julia und Anneta, die Kolleginnen aus den Sitzwagen, die am hinteren Teil des Zuges warteten, bis eine Gruppe Männer zugestiegen war, Bauarbeiter vielleicht oder Handwerker, die zu einem Einsatz nach Deutschland fuhren. Sie würden noch ein, zwei Dosen Bier trinken und dann in einen unruhigen Schlaf sinken, bis sie am Morgen direkt vom Bahnhof aus zur Arbeit abgeholt wurden. Für die Schlafwagen hingegen erwartete sie in dieser Nacht keine weiteren Fahrgäste mehr, und sie zählte in der schwachen Beleuchtung des Breslauer Bahnsteigs die Fenster ab, ehe sie wieder einstieg.

Drinnen suchte schon der junge Chinese nach ihr. Sie musste jetzt mit ihm fertig werden. Auf dem Weg nach Livorno hatte es einmal eine Schlägerei gegeben, das war eine andere Geschichte, aber das hier konnte eine ebensolche werden, und sie wollte die Aufmerksamkeit weglenken von der 63 – 67. Sie war eine Frau mit Gespür für Situationen, nur solche gelangten nach Europa. Sie stoppte den Jungen mit dem Lächeln einer Empfangsdame, er war aufgebracht und hatte seinen Geigenkasten mit auf den Gang genommen. „You have to do something!", rief er, was sie als seine Sorge um sich selbst verstand, nicht als Hilferuf für die Frau. „I will give you a different cabin!", versprach sie, und brachte ihn zum Dienstabteil, wo sie vorgab, konzentriert einige Papiere zu durchsuchen, dann nahm sie Decke, Kissen und Laken aus dem Schrank und forderte ihn auf, ihr zu folgen. Es gab einen Platz, an den sie ihn legen konnte, am Anfang der Schlafwagenabteile, Tür an Tür mit Boris. Hier ruhte sie selbst manchmal aus, wenn die Auslastung gering und die Nacht lang war. Sie öffnete das Abteil mit dem Generalschlüssel, drehte das Licht auf und legte dem Jungen die Bettwäsche auf die Matratze. Er warf einen Blick hinein und nickte. „I need my luggage!", sagte er, und geduldig geleitete sie ihn zurück, sah zu, wie er seine Habseligkeiten in einer Sporttasche verstaute, während nebenan die Frau keuchte. Kurz hielt er inne, nahm dann aber seinen Mantel vom Bett und folgte ihr erneut an den Anfang des Zuges. Boris, der sie kommen hörte, streckte den Kopf aus der Tür und fragte, ob alles in Ordnung sei. „Er fühlt sich gestört", erklärte sie. „There is a woman screaming!", sagte der Chinese, ahnend, dass sie über ihn sprachen. „Screaming?", fragte Boris mit übertrieben ungläubiger Stimme, und sie erhaschte den Witz in seinen Augen. „She is just dreaming!", sagte sie, was Boris zum Lachen und den Jungen zum verärgerten Kopfschütteln brachte, aber er fügte sich in den neuen Platz und gab Ruhe. „Gleiswechsel in Ostrava", sagte Boris, und sie erwiderte mit einem Nicken.

Wie sie es den Fahrgästen empfahl, war der Vorhang des Abteilfensters zugezogen und mit Sicherheit war auch die Tür der 63 – 67 doppelt verriegelt, aber sie klopfte nun ohne Zurückhaltung und bat die drinnen um Einlass. Zunächst passierte nichts. „Bitte", wiederholte sie, „lassen Sie mich hinein!" Eine Hand lupfte den Vorhang einen Spalt breit auf und der Kopf der Frau erschien im Fenster, sie musste sich vom rechten Bett her weit hinüberbeugen, um so hinausschauen zu können. „Machen Sie auf!", sagte sie, und wich dabei einen Schritt zurück, damit ihre Gesichter nicht dicht an dicht vor der Scheibe hingen und der Fokus ihres Blickes verschwamm. Der Vorhang schwang zurück, es dauerte einen Augenblick, dann hörte sie das Rasseln der Kette und kurz darauf das Klacken der Verriegelung. Die Frau musste dafür aufgestanden sein. Mit einem Ruck schob sie die Abteiltür auf. Sie selbst schlüpfte hinein und zog, so schnell sie konnte, die Tür wieder zu. Ehe sie noch richtig sehen konnte, erfasste sie augenblicklich, was hier vor sich ging. Die Frau sank auf die Matratze zurück und erzeugte beim Hinsetzen ein knisterndes

Geräusch. Sie hatte das Bett mit einer Folie abgedeckt, darüber Handtücher. Das alles musste sich in ihrem Koffer befunden haben, den sie soweit es ging unter das gegenüberliegende Bett geschoben hatte, von wo er in das schmale Feld ragte, auf dem man stehen konnte. Das Nachtlicht war aufgedreht und sie besah den Zustand der Frau in dem diffusen Schein, um die Eindrücke zu einem Bild zusammenzufügen. Sie war nun offensichtlich bereit, sich anschauen zu lassen. „Morgen früh ist es vorbei", sagte die Frau, ohne dass klar wurde, ob sie das zu ihr oder zu sich selbst sagte. Sie nickte. Beim Einsteigen hatte sie sich über den langen Rock gewundert, der wirkte wie ein Verkleidungsstück, das die andere sich geborgt hatte. Ein Rock, wusste sie jetzt, ließ sich leicht hochraffen und verbarg im Zweifel in Sekundenschnelle das Blut, das der Frau an den Beinen herablief. Beim Einsteigen hatte sie die Frau nach den anderen Gästen gefragt, die auf die 63 – 67 gebucht waren, aber die hatte den Kopf geschüttelt und gesagt, dass sie allein sei. Allein zu sein, wusste sie jetzt, war das Ziel, das die Frau auf der Reise gehabt hatte, und wahrscheinlich hatte sie das Geld für die Fahrkarten mühsam zusammengekratzt. Eine kluge Frau hielt für Notfälle immer eine Summe parat. Viel gab es nicht zu tun und auch nicht zu reden. „Ich komme wieder", sagte sie und bedeutete, die Tür zu öffnen. Sie trat rückwärts aus dem Abteil und staunte über die Kälte, die sie vom Gang her umfing. Erst da wurde ihr klar, welche Wärme bei der Frau drinnen geherrscht hatte und sie zog die Bluse über der Brust zusammen und lief zum Dienstabteil. Als sie aus dem Schrank alle Kissen herausnahm, die noch übrig waren, spürte sie zum ersten Mal ein Nachgeben des Bodens unter ihren Füßen und sie stellte die Beine ein wenig breiter auseinander, um ihren Stand zu prüfen. Sie würde für die Verwendung eine Erklärung finden müssen, denn die Reserve anzutasten war nur in Ausnahmefällen erlaubt. Das Schwanken hörte auf und sie stopfte die Kissen in einen Sack, der für die Schmutzwäsche vorgesehen war. Sie hatte vor, die Frau richtig zu lagern. Eine Schwangerschaft konnte man auf unterschiedliche Arten beenden, aber auch wenn es mit einem entsprechenden Medikament am sichersten schien, entzog sich der Körper der Planbarkeit und stellte einen vor Tatsachen, was zu wissen Erfahrung voraussetzte.

In Ostrava stürzte sie auf den Bahnsteig hinab wie ins offene Meer. Anneta stand unten und fing sie auf. „Bist du gestolpert?", fragte sie. „Ich weiß nicht", antwortete sie und ging in die Knie. Sie schnürte ihre Schuhe auf und wieder zu, was die andere in der Dunkelheit nur erahnen konnte. Auch Julia kam nach draußen. „Alles okay?", fragte sie, ohne von der Situation genauer Notiz zu nehmen. Sie zog hastig an einer Zigarette, und als Boris einige Wagenlängen entfernt das Signal zur Abfahrt gab, schnippte sie den glimmenden Stängel unter den Zug und sprang mit einem Satz auf die oberste Stufe der Waggontreppe. „Komm", sagte Anneta und ließ ihr den Vortritt, als gelte es, sie noch einmal vorm Fallen zu bewahren. Sie standen auf Höhe der Bordküche, wo die Trennung der Schlaf- und Sitzwagen verlief, hier trafen sie sich, wenn die letzten Gäste zugestiegen und die Stunden der Nachtruhe angebrochen waren. Auch Boris gesellte sich zu ihnen. „Du frierst ja!", stellte er fest. „Sie wird krank!", sagte Anneta. „Sie muss essen!", meinte Julia und kaute selbst auf einem Sandwich herum. Sie schüttelte den Kopf und ließ aus dem Automaten heißes Wasser in einen Pappbecher laufen, dazu gab sie zwei Teebeutel und zwei Portionen Zucker. „Willst du meine Jacke?", fragte Boris, aber sie erklärte, zu einem Gast zu müssen und stellte den Becher auf ein Tablett. „Na gut", sagte Boris, „bis später!" Er verließ die Küche, sie folgte ihm und stoppte bei der 63 – 67. „Ich muss hier rein", sagte sie. Er drehte sich nach ihr um. „Kommst du noch vorbei?" „Ja", versprach sie, und während er weiterging, rief sie gegen die Tür des Abteils gewandt: „Ich bringe Ihren Tee!"

Drinnen empfing sie die Wärme der Frau wie ein trockenes Ufer. Sie hätte sich gern hingesetzt. „Haben Sie Schmerzen?", fragte sie. Die andere nickte. „Trinken Sie das!", sagte sie und reichte ihr den Becher. Die Frau richtete sich über den in den Rücken geschobenen Kissen auf und nahm einen Schluck. Sie konnte sehen, dass sie keine Angst hatte, aber hellsichtig durch das ging, was sie erlebte. Sie hatte nicht vor, ihr Fragen zu stellen. Sie hatte das Bedürfnis, die Frau zu warnen, aber die Gefahren, denen sie die andere ausgesetzt sah, waren zu zahlreich oder zu gering, um der Erwähnung wert zu sein. Sie sah jung aus. Bohumin und Chalupki lagen vor ihnen, dazwischen nicht mehr als eine Viertelstunde Fahrtzeit. Sie machte sich los und trat nach draußen. Sekunden später hörte sie, dass die Frau das Abteil verriegelte wie eine Kammer, der etwas zu entweichen drohte, und sie lauschte auf den Atem der anderen und ob die sich drinnen wieder hinlegte. Als sie aufblickte, wurde ihr schwindelig, und für einen Moment stützte sie sich gegen die Wand des Zuges, um nicht zu stürzen. Die Entfernung zu Boris schien ihr unermesslich gewachsen. Die Lichter, die von rechts der Trasse in den Fenstern aufblitzten, reichten nicht aus, um den Gang auszuleuchten, und sie begann, einen Fuß vor den anderen zu setzen, als schreite sie über wegrutschendes Geröll. Die Anstrengung wurde noch dadurch gesteigert, dass die Geräusche des Zuges in ihren Ohren anschwollen wie eine sich aufbauende Welle. Sie schnappte nach Luft und fixierte mit den Augen den Anfang des Ganges, wo der Chinese mit dem Geigenkasten lag und Boris auf sie wartete. Einen Augenblick erwog sie, zu der Frau zurückzukehren, aber sie entschied sich zum wiederholten Mal in ihrem Leben für die Flucht nach vorn. Um 2.15 Uhr würde der Zug in Bohumin zum Stehen kommen, und als sie schon glaubte, sich nicht mehr aus eigener Kraft bewegen zu können, beförderte das einsetzende Bremsen sie mit einem Satz weiter. Sobald der Zug stand, trat Boris aus seinem Abteil, hob die Hand zum Gruß und öffnete die Waggontür. Für Sekunden verschwand er auf dem Bahnsteig, dann ertönte bereits die Signalpfeife, und er stieg wieder ein. Es gelang ihr, die verbliebene Strecke in angemessener Behändigkeit zurückzulegen. Im Abteil nahm sie neben ihm auf der Sitzbank Platz, während Boris begann, Daten in das Betriebsprotokoll einzutragen. Sie fühlte sich leicht, nur das Gewicht seines Rucksacks verhinderte, dass die Scharniere der Bank nach oben klappten und sie mit dem Polster

gegen die Wand drückten. „Brauchst du was?",
fragte er und sah sie plötzlich über seine Unter-
lagen hinweg an. „Soll ich dir eine Decke holen?"
„Wir sind bald da", sagte sie und meinte Chalupki.
Minuten später kletterte sie hinter ihm auf den
Bahnsteig hinab, wo die polnischen Kollegen warteten und die Warnwesten der Gleisarbeiter im
Dunkeln leuchteten. Sie tauschten Grüße, Zigaret-
ten und Feuer, während der Zug in einer dumpf
heraufklingenden Operation in zwei ungleiche
Hälften geteilt wurde. Kurz befiel sie die Angst, sie
könnten den Waggon mit der 63 – 67 heraustren-
nen, aber sie musste nur die Fenster zählen, um zu
wissen, dass die Frau sicher war, und sie stand und
wartete auf das Zeichen, dass es weiterging.

Im Hotel quartierte sie sich ohne Frühstück ein
und zog im Zimmer die Rollos herunter. Es war
später Vormittag, und anders als in der letzten
Dienstwoche hatte der Berliner Himmel das Grau
in Grau gegen etwas Sonne eingetauscht. Im Badezimmer legte sie ihre Uniform ab und hängte Stück
für Stück so auf, wie sie sich am Abend wieder ein-
kleiden würde, dann stellte sie sich unter die
Dusche und ließ zu, dass das Wasser in Augen,
Mund und Ohren eindrang. Sie fuhr sich mit den
Fingern über die Kopfhaut, bis an ihren Händen

Haare klebten, die sie unter dem Wasserstrahl abspülte und zusah, wie sie im Strudel des Abflusses verschwanden. Das Abtrocknen erledigte sie energisch und schlang sich das Handtuch anschließend zu einem Turban um den Kopf, dann zog sie frische Wäsche an und kroch unter die Decke des hüfthohen Bettes. Entgegen ihrer Erwartung schlief sie, bis Boris klopfte.

Er kam gegen 14 Uhr und trug in den Armen Behältnisse mit Essen, eine Flasche Cola für sich und eine mit Orangensaft für sie. Sie schloss die Tür hinter ihm und sah zu, wie er alles auf das Tischchen neben dem Fenster stellte. „Sie hatten diese Suppe, die du gern isst", sagte er und öffnete das Rollo, hinter dem der Ausschnitt eines Krans zum Vorschein kam. Sie nahm das Handtuch vom Kopf und schüttelte die noch feuchten Locken, dann nahm sie auf einem Stuhl Platz, während Boris die Deckel von den Speisen entfernte und ihr einen Plastiklöffel reichte, den er aus seiner Jackentasche zog. „Fang an", sagte er und schob einen Behälter mit gelbleuchtender Suppe vor sie, er selbst griff nach der Cola und einem Stück Brot und lehnte sich gegen den Heizkörper unter dem Fensterbrett. Auch in seiner Wohnung in Wien aß er häufig im Stehen, und sie hatte aufgehört, ihn zum Sitzen aufzufordern. „Ich hab dich geweckt", stellte er fest, und sie nickte in dem Wissen, dass er es als gute Nachricht aufnahm. Nach dem Essen rauchten sie am offenen Fenster eine Zigarette, dann entledigte er sich seiner Kleider wie in einem Streich und streifte auch ihr hastig die Unterwäsche vom Leib. Im Bett suchten sie eine Weile nach der richtigen Position, bis sie ihn mit sich auf die Seite drehte, sodass er von hinten in ihren Schoß gleiten konnte. Er kam mit der Stirn zwischen ihre Schulterblätter gepresst und verharrte so einen Moment, ehe er den Kopf hob und wartete, dass sie Blickkontakt aufnahm. Es war noch nicht lange, dass sie keine Blutungen mehr bekam, und sie genoss die Sorglosigkeit, mit der sie mit ihm schlafen konnte. Sie dachte jetzt an die Frau, die sie am Morgen durch die offene Waggontür auf dem Bahnsteig beobachtet hatte. Eine andere, die älter war, hatte sie abgeholt, sie hatten sich mit Küsschen auf den Wangen begrüßt, vielleicht ihre Mutter, eher eine Tante. Die Frau hatte nur eine Tasche über der Schulter getragen, da wusste sie, dass der Koffer sich noch in der 63 – 67 befand. Sie hatte einen letzten Blick auf sie geworfen und war dorthin zurückgelaufen. Ihre Matratze hatte unberührt ausgesehen, nur die Kissen lagen ordentlich gestapelt darauf, und sie hatte sie in Windeseile auf andere Abteile verteilt. Auf dem Frühstückstablett der Frau hatte sie ein goldenes Kettchen mit einem Medaillon gefunden, und auf einer Serviette stand geschrieben: „Ich werde Sie nie vergessen". Sie hatte das Schmuckstück in ihre Hosentasche gleiten lassen, den Koffer hatte sie unbesehen in eine Decke gewickelt und einen Müllsack darüber gestreift, den hatte sie zu den Säcken bei der Bordküche getragen, die das Reinigungspersonal abholen würde. „Wo bleibst du?", hatte Boris gefragt, der mit den beiden Kolleginnen auf dem Bahnsteig wartete, und sie hatte etwas von Material nachfordern gemurmelt und war ihnen in Richtung der Rolltreppe gefolgt. Das Hotel lag nur wenige Gehminuten vom Bahnhof entfernt, und wie immer hatten sie sich an der Rezeption voneinander verabschiedet, in ein paar Stunden würde man sich wiedersehen. Sie hatten nie öffentlich gemacht, ein Paar zu sein, und bezogen jeder ein eigenes Zimmer.

Wie üblich war Boris in dem Hotelbett neben ihr eingeschlafen, er blieb meistens wach bis sie gegessen hatten und konnte doch am Abend zum Dienst antreten, als hätte er den ganzen Tag geruht. Woran das lag, wusste sie nicht. Vielleicht hatte sein Körper größere Reserven bewahrt, vielleicht war es einem Mann leichter, oder es war nur er, Boris, der dazu ein Talent besaß. Er hatte sein Leben, so kam es ihr vor, dieser Arbeit angepasst, aber es schien ihr dies kein Mangel, kein Zufall zu sein, eher, als verhielte es sich umgekehrt, und es sei dies die Arbeit, die am meisten seinem Wesen entsprach. Als sie etwa eine Stunde vor der Abfahrt den Zug wieder bestiegen, beschlich sie das Gefühl, es seien sämtliche Waggons ausgetauscht worden, aber nichts deutete darauf hin, und ehe sie noch ihre Jacke ablegte, kontrollierte sie im Dienstabteil die Schränke und stellte fest, dass die übliche Menge an Bettwäsche eingelagert war. Auf der Gästeliste fand sie keinen Namen, der ihr bekannt vorkam. Sie verteilte Prospekte über in Kürze neu verfügbare Nachtzugverbindungen und beruhigte wenige Minuten vor Antritt der Reise einen älteren Herrn mit Hut und Gehstock. Er hatte sich verspätet und befürchtet, den Zug zu versäumen, welcher ihn, wie er erklärte, zu seiner Tochter nach Wien bringen würde, die dort am folgenden Tag eine Vorlesung halten würde. Er habe ihr versprochen, dabei zu sein, sagte er, als hinge davon der Vortrag ab, seine Hände zitterten, und er stützte sich, von der Eile und vom Sprechen außer Atem, auf den Stock. „Hier entlang", sagte sie und brachte ihn zu seinem Abteil, in dem bereits zwei junge Männer auf den oberen Betten lagen und auf ihre Handys starrten, was den Alten nicht davon abhielt, seine Geschichte vor ihnen zu wiederholen.

Der Klang der Signalpfeife ereilte sie auf dem Gang, und als sie gleich darauf die Anfahrtsbewegung des Zuges spürte, fuhr es ihr durch den Kopf, dass sie nun die Frau ein für alle Mal verloren habe. Sie war, bis auf einen Fall, nie einem Gast wiederbegegnet, das war nur in der kurzen Zeit von Livorno vorgekommen, eine Frau, die einen Mann in Bologna liebte, den sie dort besuchte. Einmal, zweimal, dreimal, ehe sie noch auf die Strecke nach Berlin wechselte, war es vorbei gewesen, das hatte ihr die Frau weinend zwischen Villach und Klagenfurt erzählt. Im geschlossenen Raum des Zuges kam es öfter vor, dass Leute sich anvertrauten, ganz besonders in den Schlafwagen, wohin man sich mit der Absicht begab, das Gepäck für die Dauer der Nacht abzulegen, wohingegen die Gäste der Sitzwagen häufig aus mangelndem Vertrauen gegenüber ihren Mitreisenden während der ganzen Fahrt mit ihren Taschen und Rucksäcken auf dem Schoß verharrten, was das Reden nicht begünstigte. Vielleicht hatte sie sich deswegen gleich zu Beginn für die Schlafwagen entschieden. Auch als Krankenschwester hatte sie über den Schlaf der Menschen gewacht und war ihren Leben zuweilen sehr nah gekommen, ohne dass sie dies je als eine Aufforderung verstanden hätte, jemandes Schicksal weiterzuverfolgen. Jetzt aber spürte sie beim Gedanken an die Frau aus der 63 – 67 einen Verlust, und sie drückte die Handflächen gegen die vibrierende Wand des Zuges, um einen Halt zu finden. Das Schmuckstück fiel ihr ein, das sie auf dem Frühstückstablett gefunden hatte, und sie fasste in der Hosentasche danach, als ob es irgendetwas verbürge, die Existenz der Frau vielleicht oder ihre eigene und was sie hier tat. Es war jetzt keine Zeit, über das nachzudenken. Der Alte hielt sie in den kommenden Stunden auf Trab. Er hatte Schwierigkeiten, allein zur Toilette zu gelangen, und überdies durch seine verspätete Ankunft am Zug keine Zeit gefunden, ein Abendessen einzunehmen, doch könne er, wie er sagte, kein industriell hergestelltes Brot essen und sich auch sonst mit nichts anfreunden, das im Bordbistro angeboten wurde, ohne einen gefüllten Magen aber könne er seine Medikamente nicht einnehmen, die er dann nicht vertrüge. Ob denn das Fräulein die Güte hätte, ihm zu einem anständigen Essen zu verhelfen, fragte er. Er müsse verstehen, gab sie zurück, dass ihr nur das zur Verfügung stünde, was es an Bord gebe, die Abläufe ließen es anders nicht zu. Er nahm es mit einem jähen Nicken zur Kenntnis, einer der jungen Männer, die die Szene von oben beobachteten, stöhnte genervt, worüber der Alte seinerseits eine Bemerkung über mangelnden Respekt fallen ließ. Sie bitte alle Reisenden im Sinne der gegenseitigen Rücksichtnahme um Einhaltung der Nachtruhe, sagte sie und schloss die Abteiltür hinter den dreien. Sie hatte gelernt, solche Sätze mit Routine und einer Nachdruck ausstrahlenden Stimme auszusprechen, fast wie eine Tonbandaufnahme, die keine Widerrede hervorrief.

Erst hinter Legnica gelang es ihr, sich zurückzuziehen. Im Abteil neben Boris fand sie auf einem der Betten liegend den Geigenkasten des Chinesen vor. Sie hob ihn hoch und erschrak über das fehlende Gewicht. Als sie nachschaute, stellte sie fest, dass er leer war. Sie versuchte sich zu erinnern, wie der Junge den Kasten geschultert hatte, doch auch eine Geige hatte kein nennenswertes Gewicht, und so schien es möglich, dass er ihn die ganze Zeit wie einen leeren Kokon herumgetragen hatte. Vielleicht hatte er etwas anderes darin transportiert, das er bei der Ankunft des Zuges mitgenommen hatte, vielleicht war ihm das Instrument schon früher abhandengekommen, und er hatte nicht gewusst, was er mit der leeren Hülle tun sollte, bis er hier im Abteil eine Möglichkeit gesehen hatte, sie loszuwerden. Doch gab es keine Erklärung dafür, dass die Reinigungskräfte den Kasten übersehen hatten, und sie klappte ihn zu und schob ihn unter das Bett, auf das sie sich legte, um für einige Minuten die Augen zu schließen.

Anders als auf der Hinfahrt, hatte der Bahnhof von Chalupki in der entgegengesetzten Richtung nicht die gleiche Wirkung auf sie, eher entstand dort eine Pause, in der sich die Zeit auf unangenehme Weise ausdehnte, was vielleicht in der abweichenden Ankunftszeit begründet lag. Auch hatte sich nach zwei Jahren auf der Strecke ihr Eindruck verfestigt, es ließe sich leichter von Wien nach Berlin fahren denn umgekehrt, und sie beobachtete seit geraumer Zeit, dass nicht wenige Fahrgäste auf dem Weg von Deutschland durch Polen unter einer ihnen nicht näher bestimmbaren Nervosität litten. Erst wenn der Zug sich im letzten Abschnitt der Reise der Stadt annäherte, linderte die Aussicht auf Wien, was sie aufzuwühlen schien, woraufhin viele noch einmal einschliefen und überrascht hochschreckten, wenn sie ihnen eine halbe Stunde vor Ankunft das Frühstück brachte. Anders der Alte, der bereits in Mantel und Hut auf der Matratze saß, als sie kam, und das Tablett mit Tee und Gebäck winkend ablehnte. Seine Tochter warte schon am Bahnhof, erklärte er, und sie setzte ein Lächeln auf und reichte den Männern in den oberen Betten, was sie am Abend bestellt hatten.

Am Wiener Hauptbahnhof hatte sie sich im Sommer 2015 verloren. Zu dieser Zeit putzte sie in

Früh- und Spätschichten ein Gebäude der Universität, was hieß, dass sie tagsüber frei hatte. Es gelang ihr selten, in den Stunden zwischen Mittag und frühem Abend zu schlafen, und so hatte sie begonnen, als die Nachrichten sich häuften, zum Bahnhof zu fahren und dort auf ankommende Flüchtlinge zu warten. Sie beobachtete die Menschen, Helfer, Passanten und die Leute, die aus den Zügen stiegen, und nicht wenig von dem, was sie sah, kam ihr bekannt vor. Sie selbst war einige Jahre zuvor unter anderen Umständen in die Stadt gekommen, aber dennoch erkannte sie, dass all das einem Muster folgte, das in die Gesichter geschrieben war. Wenn sie am Abend nachhause kam, betrachtete sie sich im Spiegel und stellte fest, dass es dort noch immer zu lesen war, und je mehr Tage vergingen, desto weniger erinnerte sie sich an das, was seit ihrer Ankunft geschehen war. Sie träumte, auf einem Bett liegend übers Wasser zu treiben, und obwohl sie nie übers Meer gefahren war, spuckte sie Salzwasser, und der Geschmack ließ sich über Stunden nicht mehr vertreiben. Eines Morgens war sie schließlich statt in die Universität direkt zum Bahnhof gefahren und hatte sich auf einer Bank niedergelassen, bis eine Frau von der Bahnhofsmission sie ansprach und fragte, ob sie Hilfe brauche. Sie folgte ihr in die Räumlichkeiten am Rande der Gleise, man gab ihr Tee, fragte nach ihrer Route und ob sie alleine sei, und es war dort, in dem Zimmer der Bahnhofsmission, dass sie zum ersten Mal von den Nachtzügen hörte, denn die Frau glaubte, sie sei mit einem von ihnen aus Budapest gekommen. Man könne ihr einen sicheren Schlafplatz vermitteln, sagte sie. Sie hatte keine Kraft, der Frau zu antworten, dass sie längst in Wien lebe, dass sie Wohnung und Arbeit habe und nicht der Art Hilfe bedürfe, die sie anzubieten hatte, und sie war aufgestanden und gegangen. Niemand hielt sie auf, und sie ging den ganzen Weg nach Hause zu Fuß, wo sie sich schlafen legte und erst wach wurde, als ihre Abendschicht in der Universität längst begonnen hatte.

Im Fundbüro nahm man ihr den Geigenkasten und die Kette mit dem Medaillon unter Angabe der Zugnummer ab, während Boris vor der Tür auf sie wartete, damit sie wie üblich ein paar Stationen mit der U-Bahn gemeinsam fuhren. Anders als in Berlin, kamen sie hier nur zusammen, wenn sie frei hatten, und als Boris ausstieg, streifte er ihren Arm und murmelte ein „bis später", was sie mit einem Lächeln erwiderte. Ihr Ein-Zimmer-Appartement in einem Simmeringer Gemeindebau hatte selbst etwas von einem Zugabteil, es war klein und hellhörig, mit einem Bett, das sich hinter einer

Schrankwand verstauen ließ. In der Küche mit mehr als einem Topf zu hantieren, erforderte Übung, beim Duschen setzte man unvermeidlich das ganze Bad unter Wasser, aber das alles minderte nicht die Wohltat, einen Raum zu haben, den nur sie bewohnte, und es wäre ihr nicht eingefallen, das aufzugeben, auch wenn Boris Andeutungen gemacht hatte, in seiner Wohnung sei auch für zwei Leute Platz. Sie hatte auf dieses Appartement lange gewartet, und als man es ihr zuteilte, war es fast gleichgültig gewesen, wo es lag und wie es aussah, sie hatte an nichts anderes gedacht, als dem Flüstern, Wimmern und Schnarchen der Zimmernachbarinnen im Wohnheim zu entkommen. Dabei hatte sie einmal Angst davor gehabt, allein zu leben, aber das lag so lange zurück, dass sie sich kaum daran erinnerte, oder zumindest war sie nicht ohne weiteres imstande hervorzurufen, was daran sie mit Furcht erfüllt hatte.

Als sie die Tür aufschloss, erfasste sie für einen Moment der Schwindel, der sie auch in der Nacht mit der Frau ereilt hatte. Sie stoppte, die Hand am Schlüsselbund, und wartete, bis es vorüber war, dann trat sie ein. Die Stunden zwischen den Fahrten folgten einem nahezu gleichen Ablauf, sie kam nachhause, legte die Uniform ab, wusch sich, aß eine Kleinigkeit und versuchte anschließend zu schlafen, meistens lag sie aber nur auf dem Bett und hielt die Augen geschlossen. Sie erlaubte sich nicht, vor 13 Uhr aufzustehen. Auch die Art, wie sie ihren Haushalt führte, folgte einer kaum abweichenden Routine, sie hatte sich darin den Gegebenheiten der Wohnung angepasst, die wenig Flexibilität erlaubten. Sie nahm ein Stück angetrocknetes Brot aus dem Kasten, goss Milch in eine Tasse, tunkte das Stück hinein, bis die Poren sich mit der Flüssigkeit vollgesogen hatten, und aß mit dem Mund über das Spülbecken gebeugt, als der Boden unter ihren Füßen wegzugleiten drohte. Sie ließ sich nach unten sinken und streckte die Beine von sich. Den Hinterkopf gegen den Unterschrank gelehnt, blieb sie einen Augenblick sitzen. Was sie verwunderte, war nicht der Schwindel, sondern die Tatsache, dass sie in ihrem Unterleib deutlich spürte, dass das Kind weg war. Sie hatte diese Empfindung beinahe dreißig Jahre nicht mehr wahrgenommen, aber sie erinnerte sich, dass es so gewesen war, nachdem der Schmerz des Eingriffs nachgelassen hatte. Es wollte ihr nicht in den Kopf, dass ihr Körper sich so leicht täuschen ließ vom Eindruck der 63 – 67, und sie rappelte sich hoch und tastete sich die wenigen Schritte zum Bett vor. Aus der Wohnung nebenan drangen Geräusche herüber, aber wie Boris sagte, durfte man in einem Beruf wie dem ihren nicht auf den Alltag der anderen achten, man musste nur dem eigenen Ablauf folgen, und das hieß, dass jetzt die Zeit zum Ausruhen war. Es beruhigte sie, an Boris zu denken. Alles an ihm erschien ihr trocken, nüchtern, er war schnell, effizient, aber nicht ohne Zärtlichkeit. Dass sie eine gute Stunde später hungrig erwachte, deutete sie als ein gutes Zeichen und machte sich bereit, die kommende Fahrt anzutreten.

In der Zeitspanne zwischen ihrer Wohnung und der Ankunft am Zug, wenn sie in den Straßen und Verkehrsmitteln den Menschen begegnete, die in den Feierabend hasteten, während ihre Schicht erst im Begriff war zu beginnen, war es, als liefe sie in einen Tunnel verlangsamter Abläufe hinein, und es war noch nie vorgekommen, dass jemand sie angerempelt oder sich über ihr Tempo beschwert hatte. Etwas umgab sie, das sie beinahe abgesondert an ihr Ziel kommen ließ, eine Distanz, die man auf die Wirkung der Uniform hätte schieben können, doch wusste sie, dass es etwas anderes war, das mit jener Empfindung zu tun hatte, die sie am Mittag gespürt hatte als die Abwesenheit des Kindes. Es war auch die Abwesenheit des Mannes und dass sie sich vor langer Zeit von Dingen getrennt hatte, die im Allgemeinen für wichtig erachtet wurden. Wäre nicht die Sache mit Boris passiert, hätte sie möglicherweise in den Fluren und Räumen, die sie reinigte, die Fähigkeit eingebüßt, die Distanz zu durchbrechen. Nachdem sie die Stelle an der Universität verloren hatte, war sie in einem Krankenhaus untergekommen. Beim Reinigen der Patientenzimmer kam sie häufig mit den Krankenschwestern zusammen, aber ehe es sich noch ergab, dass sie jemandem erzählte, selbst einmal als solche gearbeitet zu haben, wechselte sie in das Team für die Operationssäle. In den unterirdisch liegenden Räumlichkeiten hatte sie sich beinahe gelöst gefühlt, und als die Schichtleiterin fragte, ob sie auch bereit sei, in der Pathologie zu putzen, bejahte sie. Unter den Toten im Kühlraum war ihr nicht bang geworden, aber wenn sie nach einer Schicht zunächst in die belebten Flure des Krankenhauses und dann in die offene Stadt zurückkehrte, schmerzte sie das Licht in den Augen, und die Geräusche kamen ihr zu einer kaum erträglichen Lautstärke gesteigert vor. Da hatte sie eines Abends auf dem Weg nachhause Boris bemerkt. Anders als die übrigen Fahrgäste, stand er ohne sich festzuhalten in der U-Bahn, und obwohl sie mehrere Meter von ihm entfernt saß, empfand sie die Lebendigkeit des Mannes als das Gegenteil seiner unbewegten Körperhaltung und der Totenstille im Leichenkühlraum. Er hielt das Gesicht in ihre Richtung gewandt, ohne dass ihre Blicke sich getroffen hätten. Als er ausstieg, war das letzte, was sie von ihm sah, ein Rucksack mit dem aufgestickten Emblem der Bahngesellschaft. In der restlichen Woche traf sie ihn noch zweimal, danach schien er verschwunden, und sie hätte ihn vergessen mögen, wäre ihr nicht gut zehn Tage später beim Warten auf dem Bahnsteig eben jener Rucksack aufgefallen. Sie drängelte sich an Leuten vorbei, um ins gleiche Abteil zu gelangen, und platzierte sich ihm gegenüber. So nah hatte sie ihn bisher nicht betrachtet. Er war nicht viel größer als sie, das Haar trug er so kurz geschnitten, dass es schwer fiel, eine Farbe dafür zu benennen, und auch sein Alter hätte sie kaum präzise einzuordnen gewusst, nicht jung, aber jünger als sie selbst. Am Hauptbahnhof schlüpfte sie hinter ihm aus der sich bereits wieder schließenden Abteiltür. Es war ein Leichtes, ihm unter den Menschen, die zu den Gleisen und Ausgängen strömten, zu folgen, erst als er in einen weniger belebten Bereich abbog, zügelte sie ihren Schritt, ohne ihn aus den Augen zu lassen. Mit einer Karte, die er vor ein Lesegerät hielt, öffnete er eine Tür, die gleich darauf hinter ihm ins Schloss fiel. Sie hatte nicht vor, wegzugehen. Sie dachte darüber nach, was sie ihm würde sagen können, doch der Mann kam ein paar Minuten später in Begleitung wieder heraus, den Rucksack hatte er über die

Schulter geworfen, in einer Hand hielt er einen Stoß Papiere. Sie heftete sich ihm erneut an die Fersen, er steuerte mit seinen Kollegen einen Bahnsteig an, auf dem die Anzeigetafel bereits den Nachtzug nach Berlin ankündigte. Das also war seine Arbeit. Mit diesem Wissen machte sie kehrt und nahm die Rolltreppe nach unten, während gleichzeitig Menschen mit Koffern und Reisetaschen bepackt neben ihr hinauffuhren, Reisende nach Berlin, mit denen der Mann die ganze Nacht über im Zug sein würde. Später neckte er sie damit, er hätte den Sicherheitsdienst rufen sollen, doch erkannte sie unter der spöttischen Bemerkung seine Anerkennung für die Unbeirrbarkeit, mit der sie ihm gefolgt war. Sie hatte ihm nie erzählt, dass es schon einmal einen Mann gegeben hatte, dem sie nachgegangen war, bis er sie bemerkt hatte, und dass diese Geschichte nicht gut für sie geendet hatte.

Wie an den meisten Abenden in Wien, war Boris früher als sie am Zug. Sie wusste, dass ihm die Zeit bis zur Abfahrt lieb war, deswegen suchte sie ihn nicht auf, sondern ging ins Bordbistro, wo die Kolleginnen aus den Sitzwagen damit beschäftigt waren, Vorräte aufzufüllen. Bis vor kurzem waren die beiden Wien – Maribor gefahren, was weniger als halb so lang dauerte wie nach Berlin, sodass man vor Anbruch der Nacht am Ziel war und in den frühen Morgenstunden bereits die Rückreise antrat. Anneta, die sie am Gleis von Ostrava aufgefangen hatte, war ungefähr in ihrem Alter und eine ferne Verwandte der deutlich jüngeren Julia, soviel wusste sie von den beiden. Ihr Austausch beschränkte sich im Wesentlichen auf Informationen, derer es für die Arbeit bedurfte, doch an diesem Abend begrüßte Anneta sie mit sorgenvollem Gesicht. Sie müsse ihr etwas zeigen, sagte sie beinahe im Flüsterton, und brachte sie ins Dienstabteil. „Schau!", sagte sie und deutete auf die Innenseite der Tür. Mit roter Farbe hatte jemand das Türblatt von oben bis unten mit einem Musikstück beschrieben. Zu Schmierereien im Zug kam es öfter, doch waren die Linien und Zeichen für einen sekundenschnellen Akt von Vandalismus zu akribisch und fein ausgeführt, vielmehr musste der Schreiber ungestört und mit ruhiger Hand gearbeitet haben. Sie dachte an den Chinesen mit dem Geigenkasten und beschwichtige Anneta, sie werde sich darum kümmern. „Ich zeige es Boris", sagte sie, worauf die andere ohne zu zögern ins Bistro zurückeilte. Es kam darauf an, der Sache Einhalt zu gebieten, bevor jemand anderes sie in die Hand nahm, das wusste sie aus Erfahrung.

Aus der Schlägerei von Livorno war sie selbst ohne Verletzung herausgekommen, doch hätte die Sache beinahe ein dienstliches Nachspiel für sie gehabt. Geschäftsreisende in Nachtzügen waren solche mit Aktentaschen und Laptops, doch zuweilen verirrte sich auch ein Handelsreisender in ihre Abteile. Einen Händler erkannte man an seiner Körperhaltung, er gestikulierte zugewandt, um ein mögliches Geschäft nicht durch Ablehnung zu vereiteln, doch blieb er zugleich ängstlich um die Waren besorgt, die er um sich scharte, wodurch in seiner Erscheinung ein seltsames Ungleichgewicht entstand. In jener Nacht waren per Zufall zwei solcher Herren nicht nur auf der gleichen Strecke, sondern im selben Abteil unterwegs, und schon wenige Minuten nach Fahrtantritt begannen sie ob des spärlichen Platzes, auf dem ein Abstellen ihrer Waren möglich war, in Konflikt zu geraten. Der Tabakhändler betonte die Gefahr der Quetschung, sollte etwas Schweres auf die hochwertigen, der Natur der Sache nach aber porösen Zigarren drücken, die nur von zarten Spanholzschachteln geschützt würden, während der Weinhändler auf die Eigenschaft der Zerbrechlichkeit verwies, die Glas nun einmal zuzuschreiben sei, wie jedes Kind wisse. Er könne nicht riskieren, den teils Jahrzehnte gereiften Wein durch die Ungeschicklichkeit des anderen zu verlieren, zumal die Verköstigung am Zielort wichtiger Kundschaft versprochen sei und Verkäufe eines ganzen Jahres davon abhängen könnten. Lächerlich, meinte der Zigarrenhändler, was sei ein zierliches Schächtelchen gegen eine tumbe Flasche, die sich im Vergleich beinahe wie eine Waffe ausnähme. So redeten die beiden dahin, und es fehlten ihr die Sätze, um der Diskussion ein Ende zu bereiten. Weder Freundlichkeit noch Ignoranz halfen, denn die beiden Männer hatten offenbar Gefallen an ihrem Streit gefunden, sie wiederum wollte den Zugführer aus dem Spiel lassen, einen ehrgeizigen, jungen Kerl, der sie als neue Kollegin argwöhnisch beobachtete. Um die Sache selbst unauffällig zu lösen, bot sie dem Zigarrenhändler an, seine Waren bis zum Bahnhof von Livorno in einem anderen Abteil zu verstauen, zu dem nur das Personal Zutritt habe. Er willigte erfreut ein, woraufhin der Weinhändler in einem Sturm der Entrüstung androhte, sich ob der Ungleichbehandlung umgehend bei der Bahngesellschaft zu beschweren. Das veranlasste den Tabakhändler, ihre Verteidigung anzustimmen, und ehe sie noch widersprechen konnte, waren die beiden aufeinander losgegangen, sodass ihr nichts übrig blieb, als endlich doch den Kollegen zu rufen, der den Männern mit Verweis des Zuges am nächsten

Bahnhof und der Polizei drohte, und ihr anschließend sämtliche Dienstregeln aufzuzählen begann, die sie mit ihrem eigenmächtigen Verhalten gebrochen hatte.

Die Abfahrt stand bereits kurz bevor, als sie bei Boris eintrat, doch er folgte ihr ins Dienstabteil und besah sich das Werk des Unbekannten. „Das kann nicht heute passiert sein!", stellte er fest. Sie nickte. „Ich werde später eine Schadensmeldung aufgeben", sagte er, machte ein Foto und trat zurück auf den Gang, wo ein gerade noch eingetroffenes Pärchen versuchte, mit mehreren Koffern vorwärts zu kommen. Boris schob sich an ihnen vorbei, um mit der Abfahrtskontrolle am Gleis zu beginnen. Es war die Nacht auf Samstag und der Zug voll mit Gästen, die übers Wochenende verreisten.

„Chopin", rief Julia ihr ein paar Stunden später mit einer Zigarette in der Hand auf dem Bahnsteig von Chalupki zu und streckte ihr ein Handy entgegen. „Sie hat die Musik gefunden", erklärte Anneta. „Willst du mal hören?" Sie nickte. Aus dem Gerät ertönte eine schwermütige Melodie. „Nocturne Nr. 2, Opus 9", las Julia vor. „Es ist schön", sagte Anneta, „aber wer schreibt das auf unsere Tür?" Sie selbst kannte sich mit Musik nicht aus und hatte nie gelernt, Noten zu lesen, doch hatte sie das Gefühl, der Sache auf den Grund gehen zu müssen.

Boris kam mit dem Zugführer des polnischen Teams zu ihnen herüber und ließ sich Feuer geben. „Ah, Chopin!", rief der Kollege aus Warschau. „Du kennst das?", fragte Julia. „Er ist Pole!", sagte der Mann und lachte. „Jemand hat das im Dienstabteil auf die Tür gemalt", warf Anneta ein. „Chopin?", fragte er. „Noten", erwiderte Julia, „es ist dieses Stück." „Der Reinigungsdienst ist schon verständigt", sagte Boris. „Aber wie konnte jemand dort hineinkommen?", fragte Anneta. Boris zuckte mit den Schultern. „Einer von uns wird vergessen haben abzuschließen." „Ich kontrolliere immer!", entgegnete Anneta. „Ist auch egal", sagte Julia, „besser als Graffiti." „Wurde etwas gestohlen?", fragte der polnische Kollege. Die anderen sahen zu ihr herüber. „Ich hatte noch keine Zeit, das zu kontrollieren", sagte sie. Der Zugführer gab Boris einen freundschaftlichen Klaps auf die Schulter und winkte den Frauen zu, morgen Nacht würde man sich noch einmal wiedersehen, ehe ein anderes Team übernehmen und sie alle für eine Woche pausieren würden.

Als der Zug wieder anfuhr, waren sämtliche Abteile verschlossen und die Unruhe der schlafenden Fahrgäste verschmolz mit der Reibung der Räder auf den Schienen beinahe zu einem einzigen Geräusch. Sie begleitete Boris zu seinem Posten und nahm auf der Bank neben dem Rucksack Platz. „Du könntest dich hinlegen", sagte er. „Ich will das Dienstabteil überprüfen", entgegnete sie und hätte gern etwas über den Chinesen mit dem Geigenkasten gesagt, doch fürchtete sie, eine Spur zu der Frau aus der 63–67 zu legen. „Ich hole uns einen Kaffee", schlug sie vor und ging zum Bordbistro, nicht ohne im Vorbeigehen die Türklinke des Dienstabteils probehalber herunterzudrücken. Etwa eine halbe Stunde später berührte sie darinnen vorsichtig die rote Farbe und strich über die erste Zeile des Liedes. Nichts verschmierte. Auch sie machte ein Foto und begann anschließend, den Raum in Augenschein zu nehmen, aber weder konnte sie feststellen, dass etwas fehlte, noch fand sie weitere Hinweise auf den Schreiber. Sie schob den Hocker, der sich unter dem Arbeitsplatz befand, ans Fenster, um sich anzulehnen. Seit dem Stück Brot in ihrer Küche hatte sie nichts mehr gegessen, um die Müdigkeit nicht durch einen vollen Magen anzuziehen. Zum Ende einer Dienstwoche fühlte sie sich immer erschöpft, doch war dies nicht die Kraftlosigkeit, die sie vom Putzen kannte, sondern das Bedürfnis, anzuhalten und für ein paar Tage am gleichen Ort zu bleiben. Im Vorstellungsgespräch hatte man sie gefragt, ob sie gern reise, und als sie höflich nickte, hatte der Vorgesetzte wissen wollen, was die schönste Reise sei, die sie je unternommen habe, worauf sie antwortete, das sei eine mehrtägige Wanderung gewesen, die sie als kleines Mädchen mit ihrem Großvater gemacht hatte. „Keine Bahnreise also", hatte er lachend gesagt und war zur nächsten Frage übergegangen.

Eine Bahnreise gab es, an die sie zuweilen dachte, doch war ihre Erinnerung daran vage. Die mehr als achtzehn Stunden von Gaziantep bis Istanbul war ihre Schwägerin nicht von ihrer Seite gewichen, während ihr Mann die meiste Zeit Telefonate führte, um seine Geschäfte in der türkischen Metropole vorzubereiten. Er hatte befunden, sie mitzunehmen, damit sie auf andere Gedanken komme, wie er sagte, doch wusste sie, dass er sie unter keinen Umständen allein zurückgelassen hätte. Sechs Monate zuvor, an dem Tag, als ihr Sohn starb, hatte er sie persönlich zum Dienst gefahren, obwohl sie ihn angefleht hatte, stattdessen den Kleinen ins Krankenhaus zu bringen, aber er rief nur seine Mutter an, das kranke Kind zu bewachen, und als sie nachhause kam, war der Vierjährige tot. Seither hatte sie sich geweigert, wieder arbeiten zu gehen, und als der Wagen, der sie zum türkischen Grenzbahnhof brachte, aus Mossul herausfuhr, hatte sie das Gefühl, nicht mehr mit der Stadt verbunden zu sein. Im Zug hatte sie die wechselnden Landschaften vorm Fenster an sich vorbeiziehen lassen und war auch während der Zwischenhalte nicht ausgestiegen, was ihre Schwägerin verärgert zur Kenntnis genommen hatte. Bei ihrer Ankunft in Istanbul wartete ein Fahrer am Bahnsteig, er hatte sich ein Schild mit dem Namen ihres Mannes umgehängt und half ihm, die Koffer und Taschen ins Auto zu bringen, die mit seinen Waren bepackt waren. Er handelte mit archäologischen Artefakten und kommandierte seine Schwester zur Bewachung der noch nicht verladenen Gegenstände ab, während sie untätig auf dem Bahnsteig stand, bis ihr Mann sie zum Ausgang bugsierte. Die Fahrt in die Unterkunft dauerte beinahe noch einmal zwei Stunden, daran erinnerte sie sich, weil ihre Füße, eingeklemmt von Taschen, kaum den Boden des Fahrzeugs berührten, sodass sie schon nach wenigen Minuten zu schmerzen begannen, sie aber keine Möglichkeit fand, eine bequemere Haltung einzunehmen. Das Haus, in dem sie für etwa drei Wochen bleiben sollten, gehörte einem Bekannten ihres Mannes und lag in einem der ständig im Bau befindlichen städtischen Randgebiete, was bedeutete, dass er sich täglich in die zentraler gelegenen Geschäftsviertel fahren ließ und erst am Abend zurückkehrte. Währenddessen blieb sie mit der

Schwägerin zurück, die es für zu gefährlich hielt, die Unterkunft zu verlassen und sich von ihrem Bruder alles anliefern ließ, was sie zur Aufrechterhaltung des Haushalts brauchte. Auch ließ die Schwägerin nicht nach, etwa alle dreißig Minuten nach ihr zu sehen, nur, wenn sie ab und zu das Radio einschaltete, blieb die andere zuweilen länger fern, doch konnte sie nie sicher sein, wann das nächste Mal die Tür zu ihrem Zimmer aufging.

Bis die Fahrgäste zu wecken waren, blieb sie auf dem Hocker im Dienstabteil sitzen. In Charlottenburg würde sich das Reinigungsteam der Tür annehmen, und sie kam nicht umhin zu denken, dass es schade war um die sorgfältig ausgeführte Schrift, deren Zartheit in auffälligem Kontrast stand zu der dafür gewählten Farbe. Niemand verlangte mehr nach ihr in dieser Nacht, und als sie am frühen Morgen den Stapel Fahrscheine zur Hand nahm und sich aufmachte, den ersten Gästen ihr Frühstück zu bringen, fühlte sie sich gesammelt und nahm im Bordbistro selbst eine Kleinigkeit zu sich, ehe sie in den Zielbahnhof einfuhren. Berlin lag im Regen, und sie hasteten zu viert ins Hotel, wo sie trotz der kurzen Strecke durchnässt ankamen. Julia und Anneta schimpften auf das deutsche Wetter und bezogen wie üblich ein Doppelzimmer, während Boris und sie je einen eigenen Schlüssel in

Empfang nahmen. Auch wenn sie jedes Mal ein anderes Zimmer bekam, sorgte die immer gleiche Ausstattung dafür, dass sie nichts tun musste, um sich darin zurechtzufinden. Lediglich die Ausrichtung des Fensters machte einen Unterschied, was an einem Regentag aber nicht ins Gewicht fiel. Sie legte sich ins Bett, doch statt in Schlaf zu fallen, drängte sich ihr ein Gespräch aus dem Nachbarzimmer auf, die Stimmen einer Frau und eines Mannes, die eine Diskussion führten. Weder gelang es ihr, den Inhalt zu verstehen, noch das Gerede auszublenden, und sie stand wieder auf, um etwas zu trinken und sah sich noch einmal das Foto des Musikstücks an. Dann legte sie sich wieder hin und lauschte der Unruhe des Hotelbetriebs. Gegen Mittag hörte sie, wie das Paar von nebenan das Zimmer verließ und unter Gemurmel den Flur hinunterging. Danach wurde es still. Plötzlich zog es sie so stark auf die Straße, als gäbe es im Innern nicht ausreichend Luft zum Atmen. Entgegen ihrer Regel, das Bett nicht vor 13 Uhr zu verlassen, stand sie auf, zog sich die durchnässte Hose und einen Pullover an, darüber die Jacke mit dem aufgestickten Emblem der Bahngesellschaft, in deren Taschen sie Handy und Portemonnaie steckte. Sie streifte die Schuhe über, schlüpfte aus dem Zimmer und zog die Tür hinter sich zu, dann betrat sie statt des

Aufzuges das Treppenhaus und lief so schnell sie konnte die vier Stockwerke hinunter dem Ausgang zu. Erst vor dem Gebäude hielt sie inne, befand den Regen für aushaltbar und lief, das Hotel im Rücken, in Richtung der belebteren kleinen Straßen. Ein Schwindelgefühl registrierte sie als Ausdruck von Müdigkeit und Folge des hastigen Treppenabstiegs, dann vernahm sie das anhaltende Hupen eines Autos.

Eine tiefe Frauenstimme weckte sie, begleitet von einer Berührung am Oberarm. „Hallo, können Sie mich hören?" Sie versuchte, die Augen zu öffnen, aber es gelang ihr nicht mehr als ein leichtes Blinzeln. „Sie sind im Krankenhaus", sagte die Stimme, „Sie hatten einen Unfall." Als sie sich wieder orientieren konnte, fand sie sich in leicht erhöhter Position in einem Pflegebett wieder. Den Kopf zu drehen, war schmerzhaft, doch nahm sie aus dem Augenwinkel ein zweites Bett wahr, in dem eine Frau saß und sich gerade einen Löffel zum Mund führte. Kurz darauf trat die Krankenschwester mit der tiefen Stimme wieder zu ihr. „Was ist passiert?", fragte sie sie. „Sie wurden angefahren", antwortete die Schwester, „Sie hatten Glück." „Wie viel Uhr ist es?" „17.34 Uhr", las sie von einer Armbanduhr ab. „Samstag?", versicherte sie sich. „Ja. Sollen wir jemanden informieren?" „Mein Handy war in der Jacke", sagte sie. Die Schwester schloss einen Schrank auf und reichte ihr das Kleidungsstück. Boris hatte mehrfach versucht, sie anzurufen und Textnachrichten geschickt, die zu lesen sie sich nicht imstande fühlte. Ihren Anruf hob er sofort ab. Seiner aufgeregten Stimme vermochte sie nur mit schwerfälligem Sprechen zu antworten, aber es gelang ihr, ihm die Informationen weiterzugeben, die ihr die Krankenschwester mitteilte. War sie verletzt? Die Schwester nickte. „Du musst zum Zug", sagte sie zu Boris. „Ich lasse dir deine Sachen bringen und gebe Bescheid, dass du den Dienst nicht antreten kannst", sagte er. Sie hätte ihm gern etwas Beruhigendes gesagt, aber es fiel ihr nichts ein, und sie reichte das Telefon an die Krankenschwester weiter, die Boris die Adresse des Krankenhauses ansagte und anschließend auflegte. Als er sie am nächsten Morgen vom Wiener Hauptbahnhof aus anrief, wusste sie, dass sie neben Prellungen mehrerer Rippen und des Beckens eine Gehirnerschütterung davongetragen hatte. „Ich kann wieder zurückkommen", sagte Boris, aber sie versicherte, dass das nicht nötig sei. „Du kannst es dir jederzeit anders überlegen", erwiderte er. „Danke", sagte sie, und wusste, dass er jetzt einkaufen ging und anschließend in seine Wohnung fuhr, schlafen würde er erst am Abend. Sie hingegen nickte sofort wieder ein und erfasste nur flüchtig, dass ihre Zimmernachbarin Besuch empfing und am Montagmorgen entlassen wurde. Erst an diesem Nachmittag kam sie weiter zu sich. Sie stellte die Position des Bettes aufrecht und sah sich im Zimmer um. Man hatte sie ans Fenster geschoben, wo zuvor die andere Patientin gelegen hatte, zumindest glaubte sie, beim ersten Mal neben der Tür aufgewacht zu sein. Die Aussicht unterschied sich kaum von dem Hotelzimmer, das sie am Samstagmittag verlassen hatte, zu weit oben, um Fußgänger oder Bäume zu sehen, zu weit unten, um freien Blick auf den Himmel zu haben, stattdessen der Anblick einer gegenüberliegenden Häuserfront. An der einzig freien Zimmerwand hingen über einem mattgelben Anstrich gedruckte Nahaufnahmen von Blüten und Gräsern, darunter stand ein kleiner Tisch mit zwei Stühlen für Besucher und einer Informationsmappe über das Krankenhaus. Sie wagte nicht, aufzustehen und wartete, bis jemand ins Zimmer kam. Es war die Krankenschwester vom Samstag. „Da sind Sie ja", kommentierte sie den Umstand, sie wach vorzufinden, und erkundigte sich nach ihrem Befinden. „Würden Sie gerne etwas essen? Duschen?" „Eine Dusche wäre schön", antwortete sie. „Dann helfe ich Ihnen dabei", sagte die Schwester. Sie holte aus dem Badezimmer einen fahrbaren Plastikstuhl und half ihr aus Nachthemd und Unterwäsche. Als sie an sich herunter sah, konnte sie zum ersten Mal die Hämatome erkennen, die sich über ihren Körper verteilten. „Das sieht wilder aus, als es ist", sagte die Schwester. Sie schob sie in die Duschvorrichtung und reichte ihr die Brause. „Geht es so?", fragte sie. Sie nickte und drehte vorsichtig das Wasser auf. Sie ließ sich die Kopfhaut einseifen und wieder abspülen, ein Handtuch anreichen und in frische Wäsche helfen. Als die Schwester ihr unter die Arme griff, um sie zurück ins Bett zu heben, schossen ihr Tränen in die Augen. Die andere ließ sie vorsichtig auf das Kissen sinken. „Na, na, na", murmelte sie, „das wird schon wieder!" Sie reichte ihr ein Taschentuch und ließ sie allein, aber es dauerte nicht lange, bis sie mit dem Abendessen wieder zurückkam. „Heute Nacht wird meine Kollegin nach Ihnen sehen", sagte sie. Es klang wie die Einladung zu einem Gespräch. „Ich war früher auch Krankenschwester", sagte sie. „Wo war das?" „In Mossul, im Irak." „Die Arbeit ist eigentlich überall die gleiche, oder?" „Ja", sagte sie und lächelte. „Vermissen Sie es?" Sie schüttelte den Kopf. „Ist zu lange her." Sie wollte sie nicht aufhalten. „Schönen Feierabend", wünschte sie. „Gute Nacht", sagte die andere und zog leise die Tür hinter sich zu.

Es war das erste Mal, dass sie Patientin in einem Krankenhaus war, wenn man von den zwei Tagen absah, die sie nach der Entbindung ihres Sohnes in der Geburtsklinik verbracht hatte. Wenn der Berliner Arzt morgens zur Visite an ihr Bett trat, fiel es ihr schwer, die Hände ohne Beschäftigung auf der Decke liegen zu lassen. „Ich denke, wir können Sie am Wochenende entlassen", sagte er am Mittwoch. „Was arbeiten Sie?" „Ich bin Schlafwagenschaffnerin." „Das gibt's noch?", fragte er, „wo fahren Sie da hin? Italien?" „Wien – Berlin", sagte sie. „Na ja, das lassen Sie mal noch zwei, drei Wochen", kommentierte er und notierte etwas in ihrer Akte. Über den Unfallhergang hatte sie nichts weiter in Erfahrung gebracht. Am deutlichsten erinnerte sie sich an den vorangehenden Wunsch, dem Hotel unverzüglich zu entkommen, und es schien ihr nicht von Belang zu wissen, wer das Auto gefahren hatte und ob diese Person oder sie selbst eine größere Schuld trug an dem, was passiert war. Boris hingegen hielt es für unverzichtbar, möglichst detailliert darüber Bescheid zu wissen, er rief sie täglich an und wiederholte sein Angebot, sie in Berlin abzuholen. Ein Bote brachte ihr einen großen Blumenstrauß mit einer Karte, auf der jemand ihr eine baldige Genesung wünschte. Der Schrift nach zu urteilen vermutete sie eine Frau dahinter und sie zweifelte nicht daran, dass es diejenige war, mit deren Wagen sie kollidiert war. „Du musst den Polizeibericht anfordern", sagte Boris, „vielleicht hast du Anspruch auf Schadensersatz." Sie ging nicht darauf ein und bat ihn stattdessen, für Samstagabend einen Platz auf der Fahrt nach Wien für sie zu reservieren. Sie hatte noch eine Nacht in dem Berliner Krankenzimmer, man hatte keine neue Patientin gebracht, sie war allein. Sie hörte ab und zu die Nachtschwester über den Gang eilen, ansonsten blieb es ruhig. Sie dachte an die Frau aus der 63 – 67, die selbst für ihr Alleinsein gesorgt hatte. Sie hatte sich einen Plan zurechtgelegt, mit dem Chinesen aber hatte sie nicht gerechnet und nicht mit den Reaktionen ihres Körpers, die sie an den Chinesen verraten hatten. In ihrem Fall dagegen war es der Plan ihrer Eltern gewesen, und den Raum, in den sie gebracht worden war, teilte sie mit einer Alten, deren Gesicht sie nur für wenige Minuten vor und eine kurze Zeit nach dem Eingriff gesehen hatte, doch hätte sie dessen Ausdruck jederzeit vor sich erstehen lassen können. Sie hatte zwischen ihrer Mutter und ihrem Vater gestanden, die Frau hatte mit einer Hand ihren Nacken umfasst und mit der anderen ihren Kiefer aufgedrückt und eine Flüssigkeit in ihren Mund gegeben, von der sie augenblicklich spürte, dass sie der Betäubung diente. Das Letzte, was sie sah, war, wie ihre Mutter dem vorauslaufenden Vater hinterher aus dem Zimmer eilte. Als sie wieder wach wurde, schmerzte ihr Unterleib und ihre Mundhöhle war so ausgetrocknet, als hätte sie tagelang nichts getrunken. Die Frau rief die Eltern an, sie abzuholen, und reichte ihr einen Becher mit Wasser. Wie sie das Baby weggemacht hatte, erfuhr sie nie, doch brauchte sie Wochen, um sich von der Prozedur zu erholen.

Zum Bahnhof Charlottenburg nahm sie ein Taxi, das hatte sie Boris versprochen. Wie üblich stand der Zug bereits mehr als eine Stunde vor Abfahrt am Gleis und sie saß dort und wartete, bis die Türen für zusteigende Fahrgäste geöffnet wurden. Als sie dem diensthabenden Kollegen ihren Namen sagte, sah er von seiner Liste auf und begrüßte sie ein zweites Mal. „Ah, die werte Kollegin", sagte er, „na, dann kommen Sie mal mit!" Er brachte sie in das Abteil des Chinesen. „Hier werden Sie es ruhiger haben!" „Wo werden Sie Ihre Pause verbringen?", fragte sie. „Ich schlafe schon lange nicht mehr im Zug", winkte er ab, „nach zwanzig Jahren hat der Körper sich das abtrainiert!" Er lachte. „Eine Frage hätte ich noch", sagte sie. „Natürlich, bitte!" „Im Dienstabteil", setzte sie an, „wir hatten dort einen Vorfall letzte Woche." „Chopin?", fragte er. Sie nickte. „Ist immer noch da", sagte er, „weiß der Himmel, was für eine Farbe der benutzt hat!" Wieder nickte sie, als sei sie sich dessen bewusst gewesen. „Guten Schlaf", wünschte der Kollege, „Sie wissen ja, wo Sie mich finden können." Er schloss die Abteiltür hinter sich. Einen Augenblick hatte sie Hemmungen, Riegel und Kette zu betätigen, aber dann tat sie es doch, richtete sich eines der oberen Betten her, wo man weniger von den Erschütterungen der Fahrt spürte, und kletterte vorsichtig die Sprossenleiter hinauf. Am meisten schmerzten sie die Rippen, besonders wenn sie unbedacht vergaß, auf ihre Atmung zu achten, doch auch das Becken tat ihr weh, und sie nahm auf der schmalen Liege eine Position auf dem Rücken ein, schob das Kissen unter ihrem Kopf zurecht und schloss die Augen. Die weiteren Berliner Haltepunkte folgten rasch aufeinander, dann verging eine knappe Stunde Fahrt bis Frankfurt/ Oder, wo der Zug nach einer kurzen bewaldeten Strecke die Brücke nach Polen überquerte. Grenzübertritte gingen hier geräuschlos vonstatten, dennoch hatte sie jedes Mal das Gefühl einer leichten Verschiebung, als wären die Schienen an jenen Stellen mit einer Grasnarbe überwachsen, die das gleichmäßige Rollen der Waggons für ein paar Sekunden aus dem Takt brachte. Sie schlief nicht.

Um Mitternacht hielt der Zug in Opole, dort stand sie auf und trat auf den Gang. Im Dienstabteil brannte Licht, und nachdem sie sich versichert hatte, kein Gespräch zu hören, klopfte sie an. Der Schlafwagenschaffner öffnete. „Grüß Gott, Frau Kollegin!", sagte er. „Hätten Sie eventuell ein weiteres Polster für mich?", fragte sie. „Aber selbstverständlich", sagte er und trat an den Schrank. Sie nahm das Kissen, das er ihr reichte, und hielt es mit beiden Armen umschlungen vor ihren Körper. „Ich wollte mir gerade einen Kaffee holen", sagte er, „darf ich Ihnen auch etwas bringen?" „Einen Tee würde ich nehmen, ja bitte!", antwortete sie. „Sehr gern", sagte er und bot ihr den Hocker zum Sitzen an. Während sie auf ihn wartete, sah sie sich erneut das Musikstück an. Es machte nicht den Eindruck, als hätte das Reinigungsteam auch nur versucht, die Schrift zu beseitigen, dennoch war sie überrascht vom Effekt des Bildes, das ihr heute ungeordneter erschien als noch in der Woche zuvor. Die Linien, auf denen die Noten eingetragen waren, verrieten ein leichtes Zittern, und auch die Vortragsanweisungen, die an verschiedenen Stellen über den Zeilen angebracht waren, wirkten eher wie abgemalt, denn geschrieben. So hatte sie anfänglich die lateinischen Buchstaben nachgeahmt. Als der Kollege sich mit einem Klopfen bemerkbar machte und gleich darauf die Tür aufging, schreckte sie leicht zusammen. Er hatte nicht nur die Getränke dabei, sondern trug auch einen weiteren Hocker unter den Arm geklemmt, auf den er sich ihr gegenüber setzte. Erst als er ihr den Becher entgegenstreckte, bemerkte sie, dass sie noch immer das Kissen mit beiden Händen festhielt, und sie rückte ein kleines Stück zurück und schob es sich zwischen Rücken und Wand. „Hier sind Zucker, Milch und Kekse", sagte er, „bedienen Sie sich!" „Danke", erwiderte sie und nahm ihm den Becher ab. „Zwanzig Jahre machen Sie das schon?", fragte sie, um ein Gespräch zu eröffnen. „Ja, aber nur im Nachtzug, davor war ich schon lange im Tagverkehr. Regional, Fern, ich hab alles gemacht, bin mit vierzehn Jahren zur Bahn gekommen. Jetzt sind es noch zwei bis zur Pension." „Was werden Sie dann machen?" Er zuckte mit den Schultern. „Familie habe ich nicht", sagte er, „es wird sich zeigen." Sie lächelte. Er hatte ein weiches Gesicht und kleine Hände. „Was ist Ihnen da widerfahren, Frau Kollegin?", fragte er. „Sie meinen den Unfall?" „Ja, wenn ich so indiskret sein darf!" „Ich erinnere mich nicht genau", sagte sie, „ein Auto hat mich angefahren. Ich habe Glück gehabt, hat man mir gesagt." „Glück", wiederholte er, „na ja, das ist relativ." Er machte eine Pause. „Ich kann übrigens nicht Auto fahren", sagte er. „Ich auch nicht", antwortete sie. Sie lachten ein wenig. „Mein Name ist Engelbrecht", sagte er. „Ist das Österreichisch?" Er seufzte und schüttelte ein wenig den Kopf. „Sehen Sie, mein Vater entstammte einem Waldviertler Rittergeschlecht, er hat den Namen irgendeiner Chronik entnommen, und meine Mutter meinte, einen Engel könne sie gut brauchen." Er zuckte mit den Schultern. „Woher kommen Sie?" „Mossul", sagte sie, „Irak." „Da hatten Sie einen weiten Weg bis nach Wien." „Ich hab ihn nicht am Stück zurückgelegt." „Das denke ich mir", sagte er, stellte aber keine Fragen. Sie sah von ihrem Hocker aus zu ihm auf. „Haben Sie einmal erlebt, dass eine Frau ein Kind bekommen hat im Zug?" „Oh ja", sagte er, „die wollte nach Paris, aber in München hat man sie aus dem Zug geholt." „Dann sind Sie auch andere Strecken gefahren?" „Alle möglichen! Nur dauern musste es, ein Nachtzug, der schon zur Hälfte der Nacht da ist, das hat mir nicht getaugt!" „Wo waren Sie am liebsten?" Er dachte einen Augenblick nach. „Schwer zu sagen, aber Paris war schon etwas Besonderes!" Er zeigte auf das Musikstück. „Er hier", sagte er, „war die längste Zeit in Paris, aber als er gestorben ist, hat man sein Herz zurück nach Polen gebracht, das hatte er verfügt." „Kennen Sie sich aus mit Musik?" „Ich geh gern zu

Konzerten, wissen Sie, das kann man ja gut machen in Wien." Er hatte während der ganzen Zeit keinen Schluck von seinem Kaffee getrunken, als habe er nur ihr zuliebe den Weg ins Bordbistro zurückgelegt. „In der gleichen Nacht", sagte sie und deutete auf die Tür, „hatte ich eine Frau in der 63 – 67. Sie war allein, hatte alle Plätze reserviert, und sie hat gewartet, dass ihr Baby abgeht." Er schien nicht im Mindesten schockiert. „Wissen Sie, wenn die Leute eine Not haben, dann werden sie erfinderisch." Sie nickte. „Ich hab nie eingegriffen, wenn es nicht hat sein müssen wegen der Sicherheit oder weil wer anderes zu Schaden gekommen wär", sagte er. „Mögen Sie noch einen Tee?" „Nein, danke!" „Gleich sind wir in Chalupki", sagte er, „da feiern wir Hochzeit und dann geht es nach Haus!" Sie lachte. „So haben die alten Eisenbahner das genannt, wenn gekoppelt wurde", erklärte er, „und mit Ewa, der polnischen Zugführerin, halte ich gern Hochzeit!" Er zwinkerte ihr zu. „Kommen Sie mit nach draußen, Frau Kollegin?" „Ja", sagte sie und stand auf, „ich hole meine Jacke." Sie ging, das Kissen unterm Arm, zurück ins Abteil des Chinesen. Sie hatte ihn auf jener Fahrt loswerden wollen, zu sehr hatte sie befürchtet, er könne wegen der 63 – 67 Alarm schlagen, jetzt aber war es ihr, als hätte auch er das Geheimnis jener Frau zu hüten gewusst.

Als ihr Mann bereits von der bevorstehenden Abreise sprach, hatte sie eines Morgens vor ihrem Istanbuler Fenster beobachtet, wie eine Nonne aus einem Taxi stieg und in einem gegenüberliegenden Haus verschwand, und zum ersten Mal seit Monaten erregte etwas ihre Aufmerksamkeit. Das lange Gewand und der Schleier riefen in ihr eine Erinnerung wach, und während sie wartete, dass die Frau wieder aus dem Eingang trat, wurde ihr klar, dass sie nicht mit ihrem Mann nach Mossul zurückkehren würde. Ihr Vater hatte die Ehe arrangiert, etwa ein Jahr nach der Geschichte mit der Alten. Weil er bereits Kinder habe, erklärte der Vater, sei der Mann bereit, mit dem Risiko zu leben, dass sie nicht mehr schwanger werden könne, und die Tatsache, dass sie einen Beruf habe, erachte er als nützlich, um die zyklischen Einnahmen seines Handels auszugleichen. Er beschaffte ihr eine Stelle im einzigen christlichen Krankenhaus von Mossul, das von Ordensschwestern geführt wurde, zur Sicherheit, wie er sagte. Dort blieb sie über mehrere Jahre. Der Anblick der Nonnen war ihr zunächst fremd gewesen, doch fiel ihr jetzt ein, dass die Schwestern häufig von Istanbul gesprochen hatten, auch war zuweilen eine von ihnen in die Türkei gereist, wo der Orden ebenfalls ein Krankenhaus führte. Obwohl kein Anlass dazu bestand, hatte sie die spätere Schwangerschaft so lange wie möglich geheim gehalten, wobei ihr zu Hilfe kam, dass ihr Mann in jener Zeit ständig unterwegs war, weil die politische Lage eine Ausweitung seiner Geschäfte bis nach Europa erlaubte. Erst als ihr Bauch sich schon deutlich unter der Arbeitsbekleidung abzeichnete, hatte man sie zum Gespräch gebeten und sich vorsichtig erkundigt, ob sie bis zur Niederkunft nicht lieber in der Verwaltung mithelfen wolle, statt am Krankenbett Dienst zu tun, und sie hatte dem zugestimmt. Bis kurz vor der Geburt hatte sie in der Poststelle ausgeholfen und manchmal auch direkt für die Leiterin des Krankenhauses gearbeitet, einer betagten Nonne, die aus Frankreich stammte und ihr Arabisch von algerischen Einwanderern ihres Heimatlandes erlernt hatte. All das kam ihr jetzt wieder ins Gedächtnis, und ehe es noch Mittag war, hatte sie einen Plan gefasst. Als sie die Schwägerin in der Küche wusste, drehte sie das Radio auf, packte Kleidung in eine Tasche und kramte in den Sachen ihres Mannes nach Geld und ihrem Pass, dann schlich sie sich aus dem Haus und lief mit zügigen Schritten die Straße hinunter. An der ersten Haltestelle, die sie passierte, stieg sie in einen Bus und nach einigen Stationen wieder aus, das wiederholte sie mit zwei weiteren Linien in verschiedene Richtungen. Als sie sich weit genug von dem Haus entfernt wähnte, hielt sie ein Taxi an und sagte dem Fahrer, er möge sie zum christlichen Krankenhaus bringen. Das sei weit, sagte er und sah sie mit zweifelndem Gesichtsausdruck an, erst als sie ihm ein Bündel Geldscheine entgegenhielt, nickte er und startete den Wagen. Es war ein bewölkter Tag, aber sie setzte die Sonnenbrille auf, beobachtete das Treiben auf den Straßen durch die getönten Scheiben, und wenn sie im Stau stecken blieben, legte sie den Kopf in den Nacken und versuchte, sich an die Namen der Schwestern zu erinnern. Der Fahrer hielt schließlich vor einem kastenförmigen Gebäude, dessen Vorplatz von drei mickrigen Bäumen bewachsen war, drehte sich nach ihr um und nannte eine Summe. Ohne den Betrag zu erfassen, reichte sie ihm den Großteil ihres Geldes, während sie schon den Eingang des Krankenhauses in Augenschein nahm, der wie in Mossul mit dem Emblem des Ordens versehen war. Sie schlug die Tür des Autos hinter sich zu und lief beinahe beschwingt die wenigen Schritte in das Gebäude hinein, dort saß in einem Glaskasten eine Nonne und bewachte das Ein- und Ausgehen der Besucher. Sie strich sich die Haare zurück, festigte ihren Griff um die Tasche und trat der Pförtnerin entgegen. Wie sie ihr helfen könne, fragte die Frau. Sie sei gekommen, um zu arbeiten, antwortete sie auf Englisch. Die Frau musterte sie. Was denn ihre Arbeit sei, fragte sie. „Ich bin Krankenschwester", sagte sie mit so fester Stimme wie möglich, „die Oberschwester erwartet mich." Mehr als ein Blinzeln konnte sie der anderen nicht entlocken, aber sie griff zum Hörer, betätigte eine Durchwahl und sprach so leise ins Telefon, dass sie die Sprache auf der anderen Seite der Scheibe nicht zu verstehen vermochte. Als sie aufgelegt hatte, nickte sie ihr zu. Sie könne warten, sie werde hier abgeholt, sagte die Pförtnerin. Sie bedankte sich. Wenige Minuten später öffnete sich eine Aufzugtür am anderen Ende der Halle und eine weitere Frau in Ordensgewand trat heraus, sah sich um und kam auf sie zu. „Schwester Bianca", sagte die Frau und streckte ihr die Hand entgegen. Daran hatte man immer die Europäerinnen erkannt. Ihre Hände berührten einander und sie erwiderte den Druck, bis die andere sie wieder losließ. „Kommen Sie", sagte Bianca und lotste sie in den Aufzug. Erst in ihrem Büro ergriff sie wieder das Wort. „Nehmen Sie Platz", sagte sie und setzte sich selbst hinter den mächtigen Schreibtisch, auf dem außer einem Stapel Akten und einer Schreibmaschine, ein gerahmtes Foto mit einem Bergpanorama stand. Hinter ihr hingen an der Wand ein großes Kruzifix, ein Bildnis des Papstes und das Portrait einer Frau, von der sie wusste, dass es die Ordensgründerin war. „Was kann ich für Sie tun?", fragte Bianca. Sie erklärte, dass sie bereits im Irak für die Schwestern gearbeitet habe, jetzt sei sie hier und würde gerne im Krankenhaus anfangen. Ruhig blickte die andere sie an. „Haben Sie irgendetwas dabei?", fragte sie, „Zeugnisse, eine Empfehlung?" Sie nahm aus ihrer Tasche den Pass und das restliche Geld und legte beides vor sich auf den Tisch. „Das ist alles", sagte sie. „Ich verstehe", sagte Bianca. „Haben Sie ein Zimmer in Istanbul?" Sie verneinte. „Morgen ist Sonntag", sagte die Schwester, „fürs Erste werden wir Sie im Gästehaus unterbringen. Am Montag sehen wir weiter."

Boris nahm sie am Wiener Bahnsteig so behutsam in die Arme, dass sie ihn beinahe damit aufgezogen hätte. Das Wochenende über blieb sie bei ihm und kehrte erst in ihr Appartement zurück, als sie ihn auf dem Weg zum Dienst verabschiedet hatte. „Wir telefonieren", sagte sie. Er nickte und verschwand mit der herunterfahrenden Rolltreppe in der U-Bahn-Station. Kurz darauf schloss sie zum ersten Mal seit dem Morgen vor dem Unfall ihre Wohnungstür auf. Sie öffnete die Fenster, goss sauer gewordene Milch in den Abguss und packte ihre

Uniform für die Reinigung in eine Tasche, dann klappte sie das Schrankbett auf und sank auf die Matratze. Sie verschlief in dieser Woche ganze Vormittage, als habe die Gehirnerschütterung ihre gewohnte Unruhe vertrieben, doch erwachte sie nicht mit einem Gefühl der Erholung, und bis sie endlich aufstand, vergingen Stunden, in denen sie ohne Genuss vor sich hin dämmerte. Wenn Boris anrief, hatte sie Mühe, Leichtigkeit in ihre Stimme zu bringen, um seine Beunruhigung nicht weiter zu steigern. Sie wusste, dass er sie auch zwischen den Fahrten hätte sehen wollen, doch behielt sie ihre übliche Vorgehensweise bei, während einer Dienstwoche in der eigenen Wohnung zu verbleiben. Das Appartement aber schien sich seit ihrer Abwesenheit verändert zu haben, es fühlte sich austauschbar an, gleich den Berliner Hotelzimmern, in denen sie seit zwei Jahren schlief.

Die Betriebsärztin, der sie sich vorstellte, fragte nicht nur nach den Schmerzen infolge des Unfalls, sondern ob dem etwas vorausgegangen sei. „Sie meinen, bevor ich angefahren wurde?" „Ja." Sie zögerte einen Moment. „Wie ging es Ihnen vor dem Unfall?", fragte die Frau weiter. „Ich war im Dienst", antwortete sie, „ich arbeite in der Nacht." „Hat man Ihnen im Krankenhaus psychologische Hilfe angeboten?" Sie verneinte. „Manchmal", sagte die

Ärztin, „treten bei Unfallpatienten Angstzustände auf. Das kann auch erst einige Zeit später passieren, wenn die Wunden längst verheilt sind." Sie schaute ihr unverwandt ins Gesicht. „Zuweilen stellt sich dann heraus, dass ein Ereignis vor dem Unfall den Hergang in irgendeiner Form beeinflusst hat." „Sie meinen, ich habe den Unfall selbst herbeigeführt?" „Nein, das sage ich nicht! Ich möchte Ihnen nur mitgeben, dass Sie auf sich achten sollten in nächster Zeit. Ich schreibe Sie für zwei Wochen krank. Kommen Sie jederzeit auch zwischendurch, wenn Sie sich nicht gut fühlen." Sie nickte, nahm den Krankenschein entgegen und verließ das Sprechzimmer.

In ihrer ersten Zeit in Wien hatte sie an der Gesprächsgruppe einer Psychologin teilgenommen, das hatte ihr die Dame von der Asylbehörde nahegelegt. In der wöchentlich stattfindenden Runde saßen Frauen aus verschiedenen Ländern und versuchten einander von ihren Erfahrungen zu berichten, doch behinderte das Fehlen einer gemeinsamen Sprache den Austausch, und sie hatte sich bald frustriert gefühlt, wenn sie im Blick der Therapeutin nicht mehr als die Anstrengung gelesen hatte, sich irgendeinen Reim auf die Geschichten der Teilnehmerinnen zu machen, die wiederum aus Mangel an Wörtern immer lauter sprachen, bis die Stunde in einem Tumult einander überbietender Stimmen endete. In ihrer Kindheit, als Mossul noch eine offene Stadt war, hatte es unter den Heranwachsenden ihrer Schule ein Spiel gegeben, welches sie *Die weiteste Reise* nannten. Dabei musste man versuchen, innerhalb eines festgelegten Zeitfensters ausländische Münzen oder Süßigkeiten im Basar aufzutreiben, und es gewann, wer den am weitesten gereisten Fund vorweisen konnte. Daran hatte sie in der Runde der Asylsuchenden denken müssen und war bald nicht mehr zu den Treffen gegangen.

Zum Ende der Woche fragte sie im Fundbüro nach den abgegebenen Sachen. „Vierzehn Tage", sagte der Mitarbeiter, „dann geht alles ans Magistrat." „Ans Magistrat?" „Zentrales Fundservice, 5. Bezirk." Sie verabschiedete sich. „Nehmen Sie die S-Bahn bis Matzleinsdorfer Platz", rief er ihr hinterher, aber es waren noch keine zwei Wochen vergangen, und sie fuhr stattdessen in die Innenstadt, wo sie in einem Musikgeschäft nach einer Aufnahme von Chopin fragte. „Dann wählen Sie am besten Rubinstein", sagte der Verkäufer, als sie keinen bevorzugten Interpreten nennen konnte, und gab ihr eine CD, die das gewünschte Stück enthielt. „Ich brauche auch etwas zum Abspielen", sagte sie, „etwas Kleines, wenn möglich." Der Verkäufer schrieb eine Adresse auf einen Zettel, den er ihr über die Theke schob. „Hier könnten Sie noch fündig werden", erklärte er. Sie zahlte, verließ das Geschäft, und obwohl der Laden, zu dem der Mann sie hatte schicken wollen, nicht weit entfernt lag, fühlte sie sich zu erschöpft für weitere Unternehmungen und fuhr in ihr Appartement zurück. In der Nacht erbrach sie sich auf die Schwelle zu ihrem Badezimmer, weil sie es nicht mehr rechtzeitig bis zur Toilette geschafft hatte. Ihr Kopf schmerzte und sie sehnte sich danach, Boris' Stimme zu hören. „Wo bist du gerade?", fragte sie ihn am Telefon. „Kurz hinter Ostrava", sagte er, „alles in Ordnung?" „Ich konnte nicht schlafen." Sie spürte die Anstrengung, mit der er lauschte, als könne er durch die Leitung hindurch mehr über ihren Zustand erfahren. „Sie haben Julia für die Schlafwagen eingeteilt", sagte er. „Sie flucht die ganze Zeit." Darüber musste sie lachen. „Langweilst du dich?" Sie verneinte. „Würdest du im Sommer gerne verreisen?", fragte er. „Mit dir?" „Ja." „Wo möchtest du hin?", wollte sie von ihm wissen. Seit sie ihn kannte, war er nicht ein einziges Mal in Urlaub gefahren. „Nur auf den Semmering", sagte er, „dort war ich immer als Kind." Er war mit seiner Mutter allein in Wien aufgewachsen, aber er sprach selten von der Vergangenheit, und es war nicht ihre Art, Fragen zu stellen.

Immer war in den Beziehungen, die sie selbst gewählt hatte, das Begehren vor der Zuneigung gekommen. Den Mann, von dem sie zuerst schwanger geworden war, hatte sie zum ersten Mal auf dem Hinterhof des Krankenhauses gesehen, in dem sie ihre Ausbildung machte. In ihren Pausen rauchte sie dort heimlich in einem ausrangierten Krankenwagen, der mit eingeschlagenen Fenstern vor sich hin rostete und dessen rückseitige Türen sich mit etwas Geschick öffnen ließen. Der Mann trat eines Mittags plötzlich auf den Hof und begann, in schnellen Schritten im Kreis zu laufen, dabei gestikulierte er mit den Händen, als führte er eine angeregte Diskussion. Es war ein komischer Anblick, und obwohl sie längst wieder auf ihre Station hätte gehen müssen, blieb sie und beobachtete ihn durch die einzig intakte, aber verschmutzte Scheibe der Ambulanz, wozu sie auf den Fahrersitz kletterte und sich hinter das Lenkrad setzte. Es verging eine Viertelstunde, in der er immer wieder das schattige Geviert durchschritt, dann hielt er mit einem Mal inne, drehte sich mit einer ruckartigen Bewegung um und trat zurück in das Gebäude. Sie stieg aus dem Wagen und schloss wie immer leise und sorgfältig die Ladefläche, überprüfte die Sauberkeit ihrer Uniform und ging wieder hinein. Die Zurechtweisung ihrer

Vorgesetzten perlte an ihr ab. Statt wie sonst ihrem Feierabend entgegenzufiebern, dachte sie an die nächste Pause, in der sie den Hof wieder aufsuchen könnte, doch nicht ein einziges Mal bekam sie den Mann wieder zu Gesicht, und je mehr Tage vergingen, desto verzweifelter sehnte sie sich danach, ihn wiederzusehen. Am Abend, bevor ihre mehrtägige Dienstpause anfing, saß sie auf dem Boden des alten Krankenwagens, so müde und fahrig zugleich, dass ihr die Tränen kamen, und sie machte ihrer Anspannung Luft, indem sie sich selbst befriedigte. Anschließend rauchte sie, bis ihre letzte Zigarette aufgebraucht war, und ging dann in dem Wissen eines sicheren Streits mit ihren Eltern nachhause, die voller Sorge schon im Krankenhaus angerufen hatten, wo sie zu hören bekamen, dass ihre Tochter das Haus pünktlich zum Dienstende verlassen habe. Als sie sich bereits damit abzufinden begann, dass der Mann eine Phantasie bleiben würde, sah sie ihn eines Morgens an einem Imbissstand wieder, an dem sie häufig vor der Arbeit ihr Mittagessen kaufte. Mit klopfendem Herzen wartete sie, bis er seine Bestellung entgegennahm, und folgte ihm. Das verpackte Essen baumelte im Takt seines federnden Ganges an seinem Handgelenk, und sie beschloss, ihn nicht wieder aus den Augen zu lassen. Als sei er unerwartet noch einmal gewachsen, gab sein T-Shirt ein Stückchen seines Rückens frei, und als er plötzlich stehen blieb, stoppte sie jäh, denn sie hatte den Abstand zu ihm Schritt um Schritt so verringert, dass sie nun dicht hinter ihm stand. Vor der Markthalle, zu der sie gelangt waren, ließ er sich auf einem Mäuerchen nieder, packte die Behältnisse mit Essen aus, verteilte sie sorgfältig vor sich auf dem schmalen Gesims und begann genüsslich zu essen. Er tat ihr nicht den Gefallen, sich zu beeilen, und auch wenn sie mit einer weiteren Verspätung eine Abmahnung riskierte, blieb sie. Als er seine Mahlzeit beendet hatte, zog er eine Serviette aus der Hosentasche, säuberte sich die Hände und betrat die Halle. Sie ging hinter ihm her von Stand zu Stand, prüfte, wie er es tat, die Waren, und stellte sich schließlich direkt neben ihn, als er aus einem Berg Tomaten einige heraussuchte und in ein Körbchen legte, das er der Verkäuferin zum Wiegen reichte. Sie griff über seine Hand hinweg, als wolle sie an eine weiter oben gelegene Frucht gelangen, aber auch das reichte nicht aus, um ihn aus seinen Gedanken zu reißen. Als er seine Einkäufe erledigt hatte, folgte sie ihm zurück auf die Straße und registrierte erleichtert, dass er nun zum Krankenhaus zu gehen schien. Sie trat dort mit ihm in den Aufzug. „Garderobe?", fragte sie etwas außer Atem und betätigte den Knopf für das Untergeschoss. „Verwaltung", sagte er und drückte eine andere Taste. „So, so", sagte sie, „was macht ihr denn da mit Eiern und Tomaten?" Doch ehe er noch antworten konnte, schlüpfte sie aus der Kabine und rief ihm zu: „13 Uhr im Hof, wir sehen uns!" Sein verdutztes Gesicht, ehe der Aufzug sich wieder in Bewegung setzte, entlockte ihr ein Kichern, und nachdem sie ihre Uniform angezogen hatte, trat sie mit dem Selbstbewusstsein einer Verliebten vor ihre Chefin und erklärte, ihr Bus sei in einen Unfall verwickelt worden und bis zur Bereitstellung eines Ersatzfahrzeuges sei mehr als eine Stunde vergangen.

Kein halber Tag verging, bis sie zu ihrer Verabredung den Hinterhof des Krankenhauses betrat, und da war er und wartete auf sie. Wie sich herausstellte, war der junge Mann der Sohn des Klinikdirektors, er war kürzlich aus dem Militärdienst entlassen worden und sollte bald mit einem Studium beginnen, wozu der Vater ihm in Bagdad einen Platz an der renommiertesten Universität des Landes verschafft hatte. Dort sollte er zwischen einem Medizin- und einem Jurastudium wählen, auch mit einer Ingenieurswissenschaft hätte der Vater sich zufrieden gegeben, doch hatte sein Sohn einzig den Wunsch, bei einem berühmten Koch in Beirut in die Lehre zu gehen, der ihn bereits erwartete. Dem Vater das zu beichten, kam er ins Krankenhaus, doch hatte er sich bisher kein Herz fassen können, und so zog er seine Runden über den verlassenen Hof und malte sich in immer neuen Anläufen aus, wie er sein Anliegen würde vorbringen können. Zwei Wochen später schliefen sie zum ersten Mal in dem Krankenwagen miteinander, er kam jetzt zur Klinik, wann immer sie Dienst hatte und wartete auf sie, seinen Vater besuchte er nur noch selten und fasste den Plan, wenn es so weit sei, statt nach Bagdad nach Beirut zu reisen und von dort aus seine Entscheidung offenzulegen. Sie träumten davon, sich im Libanon wiederzutreffen, sobald er bei dem Koch etwas Fuß gefasst habe, bis dahin könne sie ihre Ausbildung beenden, was ohnehin nicht mehr lange dauerte. Doch wenige Tage vor dem Abreisedatum fiel der Irak in Kuweit ein. Die Schwangerschaft bemerkte sie, als er bereits an einem südlichen Grenzübergang stationiert war, und noch ehe der Sommer vorbei war, stellte die Vorgesetzte sie zur Rede und teilte ihren Eltern mit, was sie vermutete.

Beim Fundservice des Magistrats händigte man ihr eine Liste aus, auf der sämtliche Gegenstände erfasst waren, die in den vergangenen Monaten abgegeben und noch nicht wieder ihrem rechtmäßigen Besitzer hatten zugeführt werden können.

Öffentliche Bekanntmachung von abgegebenen
Fundgegenständen im Zeitraum vom 20.09.2018
bis 19.03.2019

Ausweise, Dokumente, Plastikkarten
Mongolische ID
Mongolischer Führerschein
Serbische ID
Internationaler Schwimmausweis
Italienischer Führerschein
Mazedonische ID

Brillen, medizinische Geräte, Medikamente
Hörgerät mit transparentem Ohrteil
Sonnenbrille
Gleitsichtbrille in Etui
Rollstuhl mit Einkaufstasche
Blutdrucksenkende Mittel
Gehhilfe
Gegenstand ohne nähere Beschreibung

Elektronik, EDV-Geräte
Digitalkamera in blauer Tasche
Nokia Handy, grau
Standlautsprecher mit Holzverkleidung
Smartphone in Cover, schwarz
Handy, blau, mit pinkfarbenem Band

Spiegelreflexkamera mit Objektiv
Drucker, originalverpackt
Smartphone in personalisiertem Cover
Laptop in Plastiksackerl „Spar Gourmet"

Fahrräder, Kinderwagen, Sportgeräte
Fahrrad, grau, mit Hundekorb, weiß
Elektroroller
Mountainbike, orange / grün
Kinderfahrrad mit Stützrädern, Helm
Gegenstand ohne nähere Beschreibung
Skateboard
Rosafarbenes Damenrad

Geld, Wertpapiere
5000 Rumänische Lei
Bargeldsumme in Kuvert
Geldfund Bank Austria
Gegenstand ohne nähere Beschreibung
Geldbetrag
Höherer Geldbetrag
Von Polizei sichergestellter Geldbetrag
Sondermünze mit Zahlfunktion
Kroatische Münze
Münze „Wiener Philharmoniker" in Schatulle
Gegenstand ohne nähere Beschreibung
Dunkelblaues Etui mit Silbermünze

Sparbuch
Dollarbetrag

Geldbörse, Kartenetui
Damengeldbörse, schwarz, Lackoptik, mit Karten, Fotos
Geldbörse aus Stoff, Studentenausweis
Mehrere Kreditkarten, mit Gummiringerl zusammengehalten
Braune Kunstledergeldbörse mit Visitenkarten, Bibliotheksausweis
Plastiketui, schwarz, mit Geldbetrag

Schmuck, Uhren, Wertsachen
Armband, silber, mit Anhänger in Herzform
Gemälde, gerahmt, Jagdmotiv
Goldfarbene Kinderarmkette
2 dünne goldfarbene Halsketten
Goldener Ring mit 3 weißen Steinen
Gegenstand ohne nähere Beschreibung
Ehering aus Weißgold mit blauem Stein in rotem Stofftäschchen
Sondermünze ohne Zahlfunktion
4 Golddukaten
Feuerzeug aus Silber zum Aufklappen, in dunkelblauem Etui
Uhr mit Lederarmband in Schlangenoptik, braun

Goldene Halskette mit beidseitig graviertem
Medaillon
Taschenuhr mit Kette

Taschen, Koffer, Rucksäcke usw.
Rucksack mit Notebook, Türkische ID
Tasche mit Nackenkissen, Stofftier
Nerzmantel mit Haube
Rucksack mit Drumsticks, Bekleidung, Zugticket
mit Name
Lederkoffer, antik, mit Metallbeschlägen
Kleine rote Tragetasche mit Kosmetikartikeln,
Ladekabel und Schmuck
Damenhandtasche, rot, mit diversem Inhalt
2 Stoffsackerl mit Designergewand
Maßschuhe in Karton, Gr. 46
Instrumentenkasten, schwarz, mit bordeauxrotem
Samtfutter

Sie studierte den Katalog mehrfach, als könne sie
zwischen den aufgezählten Gegenständen einen
Zusammenhang herstellen oder aus ihrer Reihenfolge weitere Schlüsse ziehen, aber nichts erschloss
sich ihr, und sie steckte die gefaltete Liste in die
Hosentasche und kehrte an die Arbeit zurück. Mit
einem Wink gab sie Boris Meldung, dass alles in
Ordnung sei und bewegte sich entgegen der Fahrt-

richtung Wagen um Wagen durch den Zug, als müsse sie sich dessen Raum neu erschließen. Noch immer schmerzten sie manche Bewegungen, und sie vermied es, ausgreifende Schritte zu machen, doch hatte sie eine Verlängerung der Krankschreibung bei der Betriebsärztin abgelehnt. Im Damenliegewagen hatte sich eine Gruppe junger Frauen eingebucht, deren heiteres Schwatzen weit über den Gang zu hören war, aber niemand beschwerte sich, und sie gönnte ihnen die Unbekümmertheit, die sie in Charlottenburg zusammen mit ihren kleinen bunten Koffern aus dem Zug befördern würden.

„Kennen Sie die Uhr von Bologna?", hatte die Frau auf der Strecke nach Livorno sie gefragt. Sie hatte verneint und war in Erwartung der Geschichte in der Tür des Abteils stehen geblieben. „Bologna Centrale", hatte die Frau gesagt und dabei aus dem Fenster gesehen, wo bereits die Ausläufer der Stadt zu erkennen waren. „1980 hat es hier einen Anschlag gegeben. Um 10.25 Uhr am 2. August detonierte ein Sprengsatz und tötete 85 Menschen, mehr als 200 wurden verletzt. Die Bombe war in einem Koffer versteckt im Wartesaal platziert worden." Sie spürte, wie etwas in ihr still wurde, als habe jemand einen Schalter umgelegt. „Die Bahnhofsuhr blieb von der Erschütterung exakt zum Zeitpunkt der Explosion stehen", fuhr die Frau fort.

„Man hat sie repariert, aber sie fiel erneut aus, und auf mehrheitlichen Wunsch der Bürger hat man die Uhr schließlich permanent angehalten. Als Mahnmal, verstehen Sie?" Sie nickte. „Ich schreibe eine Reportage darüber", erklärte die Frau, deren Liebschaft in Bologna kurze Zeit später zerbrechen sollte.

Am nächsten Morgen war sie nach dem Dienst nicht direkt nachhause gefahren, sondern hatte in einer Telefonstube nahe dem Hauptbahnhof um eine Verbindung nach Istanbul gebeten. „Ich bin's", hatte sie auf Biancas Frage geantwortet, wer in der Leitung sei, und darauf hatten sie beide geschwiegen. Fünfzehn Jahre zuvor war sie im Bahnhof von Bologna zu dem Entschluss gekommen, in Europa zu bleiben, als sie dort mit Bianca auf einen Anschlusszug nach Meran wartete. In der Türkei hatte sie nicht wieder als Krankenschwester angefangen, sondern mit verschiedenen Hilfsarbeiten ihren Lebensunterhalt bei den Schwestern verdient, war aber häufig dem Nachtdienst zur Hand gegangen oder hatte bei Bianca im Büro gesessen, die selten vor Mitternacht zu Bett ging. Sie hatte weder zurück noch nach vorne geblickt, nur immerzu dem fliehenden Bild ihres Sohnes nachgesetzt. Mehr als fünf Jahre blieb sie so, unter der Obhut Biancas, in Istanbul, bis diese sie zu einer

Reise nach Italien mitnehmen wollte. „Begleite mich", hatte sie gesagt, eine Einladung des Ordens zu einem Treffen in Rom in der Hand haltend, „ich möchte auch noch zu meiner Familie fahren." „Ich werde kein Visum bekommen", hatte sie abgelehnt, aber Bianca beharrte darauf, sich selbst darum zu kümmern, und als sie ihr Wochen später verkündete, sie könne ein Besuchsvisum erhalten, hatte sie die Sache schon beinahe vergessen gehabt. „Du kannst mich dort nicht brauchen", protestierte sie, aber Bianca bestand auf ihren Bemühungen und schließlich hatte sie sich ihrem Vorschlag ergeben.

Sie waren an einem milden Septembermorgen in Rom gelandet und hatten ein Gästehaus in unmittelbarer Nähe zum Vatikan bezogen, wo auch andere Schwestern nächtigten, die Bianca kannte, und bereits beim ersten Mittagessen hatte sie gesehen, mit welchem Hunger ihre Freundin die Konversationen auf Italienisch und Deutsch aufsog, und war, ausgestattet mit Biancas Ratschlägen und Empfehlungen, allein in die Stadt aufgebrochen. Sie hatte kein Ziel, und mehr als bestimmte Gebäude interessierten sie die Menschen, die hier lebten. Sie folgte Buslinien, um sich nicht zu verlaufen und war doch bald ohne Orientierung, sodass sie bei Einbruch der Dunkelheit ein Taxi nahm, um in die Unterkunft zurückzufinden.

Am Mittag des 11. September war sie von einer Führung durch die Sebastianskatakombe in das Gästehaus zurückgekehrt und hatte sich erschöpft wieder ins Bett gelegt. Zwar hatte der Guide streng darauf geachtet, niemanden zu verlieren, doch hatte sie sich immer wieder so weit wie möglich hinter die Gruppe zurückfallen lassen. Seine Ausführungen über frühchristliche Bestattungsrituale vernahm sie mit halbem Ohr, als plötzlich jemand ihre Hand ergriff. Sie sprang erschrocken zur Seite und blickte in ein schmutziges Kindergesicht. „Madam", sagte der Junge, „have some money?" Ohne sie loszulassen, deutete er mit dem Kopf in Richtung des Guides und legte sich einen Finger auf die Lippen, dann zog er sie in einen seitlich abzweigenden Gang hinein. „Wanna see special?", fragte er. Sie nickte. „Money first", sagte er, und sie kramte nach ihrer Geldbörse und ließ ein paar Münzen in seine geöffnete Handfläche fallen, aber er hielt sie auf, bis sie weitere Geldstücke hineinlegte. „No worry", sagte er, „I bring you back". Dann folgte sie ihm in den tunnelartigen Gang, dessen Höhe rasch abnahm, sodass sie bald nur noch geduckt gehen konnte, während der Kleine mühelos vor ihr herlief und den Weg mit einer Taschenlampe erhellte. Sie waren vielleicht zwei Minuten gegangen, als der Raum über ihr sich unvermittelt vergrößerte und der Junge sich bückte, um eine am Boden liegende Lampe anzuknipsen. Sie waren in einer Kammer zum Stehen gekommen, die zur einen Schmalseite flach, zur anderen mit einer Apsis abgeschlossen war, während die Längsseiten je von einer türartigen Öffnung durchbrochen wurden. Das grelle Licht des Baustrahlers, den der Kleine wohl selbst hier deponiert hatte, zielte auf die als Himmel ausgemalte Apsis, gold auf blau waren zahlreiche Sterne und die Sichel eines zunehmenden Mondes darauf abgebildet, während die Wände darunter ein Muster regelmäßiger Mauerdurchbrüche erkennen ließen, Grabnischen, wie sie überall in der Katakombe zu sehen waren. „Look", sagte der Junge, und benutzte die Taschenlampe, um ihre Aufmerksamkeit auf eine bestimmte Stelle zu lenken, an der die Nischen dichter und schmäler ausgeführt waren. „Children", sagte er und leuchtete ihr mit einem Mal ins Gesicht, sodass sie sich schützend eine Hand vor die Augen legte. Sie spürte eine stickige Wärme, die ihr den Atem zu nehmen drohte, und ohne sich von der Stelle zu rühren, sagte sie mit fester Stimme: „Bring me back!" Der Junge grinste, löschte die Baulampe und schlüpfte durch die zweite Öffnung aus der Kammer hinaus, sodass sie ihm in der wiederhergestellten Dunkelheit halb blind hinterherstolperte. Kurz darauf vernahm sie schon wieder die Stimme des Guides, und als der Gang sich weitete, gab ihr der Junge einen leichten Schubs, sodass sie sich wenige Meter hinter der Gruppe auf dem beleuchteten und mit Notausgangsschildern markierten Hauptgang wiederfand. Als sie sich umdrehte, war er bereits verschwunden, aber sie sah den Jungen später am Ausgang wieder, wo er mit ausgestreckten Beinen auf dem Boden saß und sich, als sie an ihm vorbeiging, zwei Geldstücke auf die geschlossenen Augenlider legte.

Ein Blick auf die Uhr sagte ihr, dass sie ihre Verabredung verschlafen hatte, aber Biancas Gesichtsausdruck verriet, dass etwas vorgefallen war. „Es hat einen Anschlag in New York gegeben", sagte sie, kaum dass sie ihr die Tür des Zimmers geöffnet hatte. „Warte", gab sie zur Antwort, „ich bin gleich da." Sie tauchte ihr Gesicht in dem winzigen Badezimmer in ihre mit kaltem Wasser gefüllten Hände und prüfte ihr Spiegelbild, dann zog sie die Schuhe wieder an und trat zu Bianca auf den Gang. „Eine Flugzeugentführung mit vielen Toten", erklärte diese, „lass uns irgendwo hingehen, wo sie Nachrichten zeigen." Es wurden überall Nachrichten gezeigt, Menschentrauben bildeten sich vor Bildschirmen, und sie brauchten eine Weile, bis sie einen freien Platz fanden. Sie hatte seit dem Frühstück nichts mehr gegessen und spürte eine leichte

Übelkeit, doch sagte der Kellner, wegen der vielen Leute im Lokal könne derzeit kein Essen serviert werden. Sie nickte und bestellte stattdessen einen Kaffee. Später streiften sie gemeinsam durch das Viertel, ohne noch einmal einzukehren, aber die gedrückte Stimmung war auch so überall zu spüren, und ihr letzter Tag in Rom endete mit einem Sandwich vor dem Fernseher des Gästehauses, ehe sie sich eine gute Nacht wünschten. Anders als am Mittag fand sie jedoch keinen Schlaf, und als beinahe zwei Stunden vergangen waren, stand sie wieder auf und ging leise über den Gang zu Biancas Zimmer. Sie blieb in Erwartung eines Geräusches vor der Tür stehen, doch als sie im nahgelegenen Treppenhaus das Licht angehen sah, wartete sie nicht länger und klopfte. Bianca öffnete bereits nach wenigen Augenblicken, als habe sie auf sie gewartet, und kaum war sie eingetreten, hörten sie draußen jemanden vorbeigehen. „Wir werden nicht die einzigen Schlaflosen sein heute Nacht", sagte Bianca und forderte sie auf, auf dem Bett Platz zu nehmen, denn es gab in dem Zimmer nur einen einzigen Stuhl. „Lies mir etwas vor!", bat sie. Weil ihr die Sprache fehlte, hatte Bianca in Istanbul häufig deutsches Radio gehört und später damit begonnen, ihr etwas vorzutragen, wenn sie wieder einmal ein Bücherpaket von zuhause erhalten hatte. „So gewöhnst du dich an den Klang", hatte sie gesagt und immer häufiger ganze Passagen für sie übersetzt. Sie nahm ihre Lektüre vom Nachttisch und schlug eine Seite auf, aber schon nach wenigen Sätzen hielt sie inne. „Morgen müssen wir uns auf Verzögerungen einstellen", sagte sie und legte das Buch beiseite.

Obwohl sie früher als geplant noch vor dem Frühstück aufbrachen, dauerte die Reise bis in die Abendstunden. In Meran erwartete sie einer von Biancas Brüdern am Bahnhof. Er schloss seine Schwester etwas scheu in die Arme, und ihr gab er förmlich die Hand, die beiden hatten sich, so Bianca, sieben Jahre lang nicht gesehen. „Grüß dich, Zita", sagte er. Auch alle anderen nannten sie hier bei dem bürgerlichen Namen, unter dem sie aufgewachsen war, die betagten Eltern, der zweite Bruder und Biancas Schwester, die als einzige in der Stadt lebte. Sie kamen auf dem Hof der Eltern unter, einem riesigen Bauernhaus, von dem die Alten nur mehr das untere Stockwerk bewohnten, die übrigen Räume gehörten dem älteren Sohn und seiner Familie. Biancas Ankunft wurde freudig, aber ohne großes Aufhebens angenommen, sofort hatte sie sich den Abläufen des Ortes anzupassen und ihr fremdartiges Leben, beinahe am anderen Ende der Welt, schien kein Thema für ausführliche

Gespräche zu sein, mehr noch interessierte sich die Mutter für das Treffen in Rom und ob sie dort den Papst gesehen hatte. An sie richtete man bei den Mahlzeiten höflich einige Worte auf Deutsch, wer sie war und wo sie herkam, spielte keine Rolle, man hielt sie wohl für eine dem Orden nahestehende Mitarbeiterin, um die sich die Tochter zu kümmern hatte. Sie blieben fünf Tage, an denen Bianca sich nach dem Frühstück ein Auto borgte und langsam den beschotterten Weg ins Tal hinabfuhr. In der Stadt traf sie Verwandte und alte Freunde, ehe sie am späten Nachmittag wieder zurückkehrte und den Rest des Tages mit ihren Eltern verbrachte, die meist in der Küche saßen und warteten, dass die Familie sich zum Essen versammelte. Einmal fuhr sie mit der Freundin und ließ sich unterwegs die Namen der Berge und Ortschaften erklären, doch schon am zweiten Tag entschuldigte sie sich und blieb allein in ihrem Zimmer zurück, wo unter einem Kruzifix ein mit Schnitzereien verziertes Bett stand, auf das sie sich legte und darüber nachdachte, wie sie die Sache anstellen sollte. Sie hatte in Bologna nicht auf die Uhr geachtet, wohl aber die Marmortafeln mit den Namen der Opfer gelesen und dabei an die noch ungezählten Toten von New York gedacht. „Was für eine seltsame Ordnung", hatte Bianca gesagt und ebenfalls die Reihen

mit Namen studiert. Wegen der Ereignisse des Vor-
tags herrschte überall erhöhte Alarmbereitschaft,
und sie waren, trotz Biancas Ordenstracht, mehrfach kontrolliert und nach dem Zweck ihrer Reise
gefragt worden, wobei ihre Papiere jedes Mal
besonders eingehend studiert und Bianca deswegen
mit Fragen durchlöchert worden war. „Seien Sie
vorsichtig!", hatte einer der Carabinieri zu Bianca
gesagt und dabei zu ihr herübergesehen, als habe
die Freundin etwas von ihr zu befürchten.

Am Abend vor ihrer Abreise traf sich noch einmal die ganze Familie, Biancas Schwester war
bereits am Nachmittag gekommen und die Frauen
bereiteten in der Küche das Abendessen vor. Bis
spät in die Nacht saßen sie um den großen Esstisch,
und sie war aus den Gesprächen längst ausgestiegen, als Biancas Blick sie über den Tisch hinweg
traf. Stumm sahen sie einander an, bis sie sich
abwenden musste. Kurz darauf bedankte sie sich
bei der Familie für die Gastfreundschaft und ging
zu Bett.

Der Rückflug nach Istanbul war über Wien
gebucht und auf der Zugfahrt dorthin wiederholte
sich, was sie auf dem Weg nach Meran erlebt hatten, zweimal wurden sie kontrolliert und jedes Mal
studierten die Beamten eingehend ihren Pass und
das Visum, bis sie sich mit mahnenden Ratschlä-

gen an Bianca wandten. Keine von ihnen kommentierte das Geschehen, und als sie in Wien ankamen, fuhren sie nicht weit in die Stadt hinein, sondern blieben in einem Hotel nahe des Flughafens. Bianca war sichtlich erschöpft und wünschte, gleich ins Bett zu gehen. Sie hingegen lauschte den Zügen der nahegelegenen S-Bahn-Strecke, die man durch das geschlossene Fenster hören konnte, und als sie am frühen Morgen noch in der Dunkelheit zum Flughafen aufbrachen, hatte sie kaum mehr als drei Stunden geschlafen. Trotz der zwei Garnituren, die sie angezogen hatte, zitterte sie. „Ist dir kalt?“, fragte Bianca. Sie nickte. „Es wird alles gut gehen“, sagte die Freundin, und sie lächelte und umklammerte den Griff ihrer Tasche fester.

„Lass uns das Gepäck aufgeben und noch einen Kaffee trinken“, schlug sie am Flughafen vor und sah zu, wie das Förderband ihre Habseligkeiten hinter einem Vorhang aus grauen Plastiklamellen verschwinden ließ. Den Kaffee nahmen sie an einem kleinen Stehtisch in der Ankunftshalle ein, wo um diese Uhrzeit nur wenige Menschen auf ankommende Fluggäste warteten und Anzeigetafeln über die nachfolgenden Verbindungen informierten. „Ich bin gleich wieder da“, sagte Bianca und sah sich nach der Beschilderung für das nächste WC um. Als sie die Tür hinter der Freundin zufallen sah, zögerte sie nicht länger und lief mit zügigen Schritten auf den Bahnsteig zurück, wo sie gerade noch den nächsten Zug nach Wien Mitte erreichte.

Als Anneta das Mädchen ohne Fahrkarte brachte, waren sie bereits hinter Legnica. „Sie war in einer der Toiletten am anderen Ende des Zuges", erklärte sie. Es klang beinahe wie eine Frage und ihrem Blick nach zu urteilen, erwartete sie, dass Boris ihr sagte, was zu tun sei, aber er sah nur kurz auf und wandte sich direkt wieder seinem Bildschirm zu. „Das regeln wir schon", sagte stattdessen sie und lächelte dem Mädchen aufmunternd zu, das mit furchterfülltem Gesicht einen halben Schritt hinter der Kollegin auf dem Gang stand. Sie bat Anneta, sie hinauszulassen, und ging den beiden voraus zum Dienstabteil. „Bring uns doch bitte einen Tee, Anneta", sagte sie, dann bot sie dem Mädchen den Hocker zum Sitzen an. „Möchten Sie nach Berlin?", fragte sie. Das Mädchen nickte, doch kaum hatte sie sich gesetzt, sprang sie wieder auf. „Was ist das?", fragte sie und zeigte auf die Tür, auf der unverändert das rote Musikstück prangte. „Das hat jemand hier aufgemalt", erklärte sie, „es ist ein Stück von Chopin." „Nocturne No. 2, Opus 9", sagte das Mädchen nickend und trat einen Schritt darauf zu. „Wissen Sie, wer das geschrieben hat?", fragte sie erstaunt. Das Mädchen strich, so wie sie es getan hatte, vorsichtig über die Zeilen des Liedes. „Ich suche ihn", sagte sie und ihre Augen füllten sich mit Tränen. „Den Chinesen mit dem Geigenkasten?" Das Mädchen wandte sich nach ihr um. „Er ist Franzose mit koreanischen Wurzeln", erklärte sie. „Bitte setzen Sie sich doch", forderte sie sie auf und wiederholte ihre Worte: „Franzose mit koreanischen Wurzeln." „Er muss hier gefahren sein, auf dieser Strecke", sagte das Mädchen wie zu sich selbst und ließ sich wieder auf den Hocker sinken. Ihre Knie stachen aus den angewinkelten Beinen so weit nach oben, dass sie sich mit dem leicht nach vorne gekrümmten Oberkörper beinahe zu einem Kreis verbanden. „Vor gut drei Wochen", antwortete sie bestätigend. „Sie haben ihn gesehen?", fragte das Mädchen. Sie nickte. „Es ist zu lange her", stieß sie weinerlich hervor und schüttelte verzweifelt den Kopf. „Haben Sie eine Ahnung, wohin er wollte?", fragte sie sie. „Vielleicht nach Berlin, vielleicht zurück nach Paris", antwortete sie und wiegte sich dabei vor und zurück, „wissen Sie, er kam nicht sehr gut zurecht in letzter Zeit." Das Mädchen kam ihr mit einem Mal älter vor, das machte der Kummer in ihrem Gesicht. „Kennen Sie ihn schon lange?", wollte sie von ihr wissen. „Seit wir vierzehn sind", sagte sie, „wir haben uns in

einem Forum für Musikschüler kennengelernt."
„Dann sind Sie auch Musikerin?" Sie nickte. „Pianistin." „Er hat einen leeren Geigenkasten im Zug zurückgelassen." Das Mädchen sah nun mit noch größerem Ernst zu ihr auf. „Dann ist es also wahr!", sagte sie und ein Schluchzen brach aus ihr hervor. „Er hat seine Violine für mich verkauft!" Sie senkte ihre Stirn fast bis zu den angewinkelten Knien, ehe sie den Kopf hob und zu erzählen begann. „Wir haben uns lange nur geschrieben", sagte sie, „dann trafen wir uns in Wien, zu einem Jugendmusikwettbewerb. Er kam aus Paris, ich aus Sarajevo, da waren wir sechzehn." Sie schluckte. „Letztes Jahr habe ich versucht, mich in Warschau für den internationalen Chopin-Wettbewerb zu qualifizieren, dort haben wir uns wiedergetroffen. Ich brauchte Geld für meine Ausbildung, wissen Sie." Sie deutete auf die Tür. „Wir haben gemeinsam improvisiert zu diesem Stück." Sie blickten auf das beschriebene Türblatt. „Aber ich habe es nicht in die Finalrunde geschafft", ergänzte das Mädchen, „die Konkurrenz ist groß, und wenn man nicht die besten Lehrer bezahlen kann …" Hier brach sie ab. „Wie ging es weiter?", fragte sie sie, um ihr auf die Sprünge zu helfen. „Wir fuhren zurück", sagte das Mädchen, „er nach Paris, ich nach Sarajevo. Wir schrieben uns täglich oder telefonierten." Wieder

wiegte sie ihren Oberkörper leicht hin und her. „Aber dann begann er sich zu verändern." Sie wand sich ein wenig auf dem Hocker, wobei ihre Beine leicht zur Seite knickten. „Er liebt Chopin, wissen Sie", erklärte sie, „ich auch, aber er, das ist, ich weiß nicht, wie man es am besten sagt", sie hob die Arme und machte eine fragende Geste, „er hielt sich selbst für Chopin!" Ihre Hände blieben einen Augenblick in der Luft stehen, dann ließ sie sie zurück auf die Knie sinken. „Er las alles über ihn, er fuhr an die Orte, an denen er gespielt hatte", zählte sie auf und beugte sich dann weit nach vorne, als folge eine vertrauliche Information. „Er glaubte, er habe eine polnische Seele!", flüsterte sie. Sie räusperte sich. „Kennen Sie Chopin?", wandte sie sich plötzlich mit einer Frage an sie. „Ich kenne die Geschichte von Chopins Herz", gab sie zur Antwort. Das Mädchen nickte. „Dann war Chopin auch in Berlin?", fragte sie. „Einmal", bestätigte sie, „mit achtzehn! Er sollte dort berühmte Musiker treffen, aber er war zu schüchtern, um mit ihnen zu reden." Das Mädchen zuckte mit den Schultern. „Wieso, meinen Sie, hat Ihr Freund sein Instrument verkauft?" Sie seufzte und wischte sich mit dem Handrücken über die Augen. „Vor etwa zwei Monaten", setzte sie fort, „geriet er in Streit mit seinem Vater. Seine Eltern waren sehr ehrgeizig und wollten ihn nach Südkorea schicken, damit er in Seoul bei einem Meister studiert. Aber er hatte Angst davor. Er war noch nie in Korea." Sie schüttelte wieder den Kopf. „Er schlug vor, dass wir nach Berlin abhauen sollten, aber ich hatte kein Geld, schon gar nicht, um mein Klavier zu transportieren, und was ist eine Musikerin ohne Instrument?!" Kurz hielt das Mädchen inne. „Er hat dann Andeutungen gemacht, er würde seine Violine opfern, damit wir uns gemeinsam durchschlagen können", sagte sie und begann wieder zu weinen. „Ich hab ihm gesagt, dass er das nicht tun darf! Ich hab gesagt, dass er auch Südkorea überstehen würde und dass er, sobald er volljährig ist, ein Stipendium suchen und ohne seine Eltern weitermachen kann." Sie hob ihre Fersen ein paar Mal schnell an und senkte sie wieder ab, wobei die spitzen Knie sich bedrohlich ihrem Kinn annäherten. „Er sagte", fuhr sie nicht ohne Wut in der Stimme fort, „dass ich ihn nicht ausreichend liebe. Und dann konnte ich ihn nicht mehr erreichen. Er meldete sich einfach nicht mehr. Das ist jetzt vier Wochen her."

„Warum haben Sie diesen Nachtzug genommen?", fragte sie das Mädchen. „Ich vermutete, dass er in Wien nach einem Käufer für seine Violine suchen könnte, in Paris wäre es wegen seiner Eltern zu auffällig gewesen." Dann fuhr sie leiser fort. „Außerdem ist es von Wien aus nicht so weit bis Sarajevo und es ist die Stadt, wo wir uns zuerst getroffen haben." Sie sah zu ihr auf. „Wenn er das alles schon tut, vielleicht hatte er vor, mich abzuholen?", fragte sie beinahe kleinlaut. „Hätten Sie dann nicht besser zuhause auf ihn gewartet?" Sie schüttelte den Kopf. „Ich konnte nicht länger warten! Am Freitag hab ich den Bus genommen und bin das ganze Wochenende durch Wien gelaufen, um nach ihm zu suchen. Und nach seiner Violine. Gestern Nachmittag dann, hat mir ein Geigenbauer von einem Kunden erzählt, der kürzlich von einem Asiaten aus Berlin ein historisches Instrument kaufen wollte, aber der habe es so schnell loswerden wollen, dass er skeptisch geworden sei." „Und da haben Sie gedacht, dass er das sein muss!", ergänzte sie. „Ja! Und ich wollte so schnell wie möglich nach Berlin! Nur hatte ich kein Geld mehr für die Fahrkarte." Das Mädchen sah sie an. „Machen Sie ein Foto von der Tür", sagte sie zu ihr, „wenn Sie ihm das schicken, weiß er, dass Sie nach ihm suchen." Sie nickte. „Und nehmen Sie das hier", sagte sie und holte aus ihrer Hosentasche die Liste des Magistrats. „Was ist das?" „Ich habe den Geigenkasten beim Fundservice abgegeben. Vielleicht bekommen Sie wenigstens den zurück." Das Mädchen erhob sich. Sie überragte sie im Stehen und nahm die Zettel mit

einer leichten Verbeugung entgegen. „Danke",
sagte sie. „Sie werden Ihren Freund wiederfinden!",
sagte sie. Das Mädchen zuckte mit den Schultern,
aber es huschte ein Lächeln über ihr Gesicht. „Ich
muss jetzt die Fahrgäste wecken", sagte sie, „bleiben
Sie hier, bis wir in Charlottenburg sind!"

ISBN 978-3-949262-27-2

© für diese Ausgabe:
edition.fotoTAPETA, Berlin 2023

© für den Text:
Anna Albinus, Greifswald 2023

Umschlaggestaltung: Gisela Kirschberg, Berlin, unter
Verwendung einer Grafik von m_pavlov/istockphoto.com
Satz und Gestaltung: Gisela Kirschberg, Berlin

Druck: GGP MEDIA GmbH, Pößneck
Gesetzt aus der Minion und der Frutiger